JN071358

二見文庫

OLたちの上司改造計画

蒼井凜花

目次

ＯＬたちの上司改造計画

第一章　ミノキチ革命!?

1

「マズいわね……」

ここは、社内の給湯室——。

湯呑みから茶をすすった久我紅子《くがべにこ》は、赤いルージュが引かれた唇を尖らせた。

壁ぎわの鏡には、かつて人気を博したドラマ「ショムニ」よろしく、白いブラウスに水色のベストとタイトミニの麗しい制服姿が映しだされている。

三十四歳の人妻になった今も、88・58・88のボディは十年前と変わらない。

あえてワンサイズ小さめの制服を着て、スタイルの良さをアピールするのが紅子流だ。

Eカップのバスト、キュッとあがったヒップは、日々のウォーキングなど美活の賜物《たまもの》である。

ロングヘアをひとつにまとめたエキゾチックな美貌。七センチヒールから伸びる美脚も、我ながらほれぼれする。

そんな紅子の横で、

「えっ、紅子先輩！　マズいですか……？　これ最高級の玉露ですよ」

隣を見ると、急須から茶を注いでいた城田雪乃《しろたゆきの》が、大きな目を見開いた。

学生時代、メイドカフェでアルバイトをしていたという雪乃は、艶やかなボブヘアと鼻にかかった甘い声で、二十八歳になっても「妹キャラ」で、周囲から可愛がられている。

機転も利くし、仕事は丁寧だ。

時々「この子、天然？」と感じる言動もあるが、ややぽっちゃり気味のスタイルが愛らしく、紅子も憎めない。

「雪乃さん、違うわ。あれ見て。社員の前で……どう見てもマズいでしょう」

紅子はドアのほうに視線を流した。

給湯室と社内をへだてたドアの窓ガラスの向こうでは、ひとりの中年男性——三野喜一《みのきいち》が、小言を並べる上司、池部正《いけべただし》を前に、小太りの体を硬直させ、いくども頭をさげている。

ペコペコと必死に詫びるその姿は、ここ最近、見慣れた光景だが、今日は池部の口調が、ことさらヒートアップしている。

その分、叱責される三野のみじめさが背中ごしにきわだっていた。

パワハラであるのは誰の目にも明らかだが、皆、見て見ぬふりを決めこんでいる。

また、池部が四十歳なのに対し、三野は五十歳。十も年下の上司から罵声を浴びせられる彼の姿は、見ているほうも気が滅入ってしまう。

「あーあ、三野係長ったら、また池部課長に怒られてますね。先週も、賃貸マンションの引きわたし日を間違えてお客さまを怒らせて、池部課長に『公開処刑』されたばかりなのに……」

雪乃が自分用のマグカップを両手で持ち、注いだ茶にふうぅと息を吹きかけた。ふっくらした唇が色っぽい。

まぶたを閉じ、コクリと呑む姿は愛玩動物のようだ。

さぞ、メイド服も似合っていただろう。

こうして若い後輩たちをついチェックしてしまうのは、まだまだ若い子には負けないわよ、という女としてのライバル心か？

はたまた、もっと別な心理状態なのかは、紅子自身も定かではない。

と、論点がずれていることに気づき、紅子は慌てて話題を戻した。

「えっと……池部課長も、わざわざ皆の前で怒ることないわよね？」

紅子が同意を求めるように告げると、雪乃も強くうなずいた。

「ええ、池部課長……いや、池部の入社当時は三野係長が上司だったんですよね。三野係長って、口ベタで内気だけど優しいですもの。池部が新人のときは、それは親切に面倒をみたって噂です」

「感謝のかけらもない恩知らずな男ね」

「本当ですね。でも、池部ったら上役に取りいるのが巧みなことに加え、実際、仕事はできるから順調に昇進していますし――。三野係長は、温厚だけれど、出世欲が薄いのか、人の面倒ばかりみて……」

「そうよ！　上司だったときは、池部の尻ぬぐいを何度もしていたはず」

話しているうちに紅子自身、苛立たしさが増してきた。

「結局のところ『いいとこどり』されて、万年係長なんですよね。二年前に奥さんに離婚までされちゃって、踏んだり蹴ったり。そりゃ仕事する気も失せますよ」

ふたりが眉をひそめていたそのとき、給湯室のドアが開いた。

「ああ、もう聞いてられない！　えんえん続く池部のお説教タイム」

新人の横川美波《よこかわみなみ》が、トレードマークの丸メガネごしの瞳を細めて入ってきた。

二十三歳の若手だが、兄姉が四人もいる大家族で育っただけに、少々のことでは動じない強さと要領の良さを持っている。

それに、楚々とした和風の美貌ながら、ボディはグラマラスで、そのアンバランスさに萌える男性社員も多く、紅子も一目置いている。

「三野係長、今度はなにをやらかしたの？」

紅子が訊くと、美波は制服ごしの巨乳を誇示するように、胸を張った。

セミロングヘアの一部だけをうっすら栗色に染めているのは、大好きな極道系Vシネマのヒロインを真似たという。

「係長ったら、府中の分譲マンション購入内定だったお客さんを逃がしちゃったんですって」

銀行のローン審査もとおり、契約寸前までいった客をライバル不動産会社に横どりされたということだ。

池部の説教はごもっともだが、三野への過剰な攻撃ならぬ口撃——どうにかして、救ってやることはできないだろうか。

紅子は手にした湯飲みをシンク台に置き、雪乃と美波を見つめる。

「ねえ、私たちで三野係長をなんとかしてあげない？　あの公開処刑が続いたら、他の社員にも悪影響よ。いや、係長のことだから辞表を出さないとも限らないわ。私、新人のころ、とても世話になったし、今の主人を紹介してくれたのも三野係長だし……」

結婚して四年。

セックスレスではあるが、三野の大学時代の歴史研究サークルの懇親会に呼ばれたことがきっかけで、九歳上の夫、静男《しずお》と知り合い意気投合。結婚に至った。

三野係長には公私ともに恩義がある。

「やりましょうよ」

再度、きっぱり言いきった紅子に、ふたりは互いに顔を見合わせ、コクンとうなずいた。

雪乃が、

「そうですね。入社当時、右も左もわからない私に一番優しく接してくれたのは、三野係長でした。住宅キャンペーンのノベルティ作りで、ひとり残業していたときも、わざわざコーヒーとサンドイッチを差し入れてくれて『僕も昔は大変だったよ。あまり無理しないで』って……。私、かなり救われましたもの」

そう瞳を潤ませる。次いで美波も、

「私もです。クレーマーへの対処のコツや、クセのあるお客さま情報、内見の際の重要事項なんかも丁寧に教えてくれたのは、三野係長です。それに、池部課長ったら、この前エレベーターで乗り合わせたとき、私の胸元をじっと見て『横川クンはバストの発育がいいねえ』って鼻の下伸ばしてるんですよ。あれじゃイケベじゃなくてスケベ課長だわ」

可愛い小鼻をわずかに膨らませ、怒り心頭である。

「じゃあ決まりね。新年度になったことだし、三野係長を少しずつステージアップさせて、池部の公開処刑から救ってあげましょう。三野喜一改造計画、略して『ミノキチ革命』よ！」

紅子は姿勢を正し、声を張りあげた。

「賛成です！　で、ついでなんですが……」

雪乃が嬉々として身を乗りだした。

「あら、なに？」

「実は、係長ったら、社の飲み会の二次会でよく行く『クラブ沙由美《さゆみ》』の沙由美ママにベタ惚れなんです」

雪乃の情報に、美波もうふふと含み笑いをする。

「私も知っています。『クラブ沙由美』に皆で行った際、別の席で接客する和服姿のママを見つめながら、係長ったら『僕はこの店に二年も通いつづけているんだけど、ママも僕と同じバツイチらしいんだ。いつも温かくもてなしてくれる沙由美ママと、再婚できれば最高なんだけどな……やっぱり恋人はいるのかなあ』って……ほろ酔いで、切なそうにつぶやいていましたもの。あれは相当ホンキですよ」

ふたりの情報に、紅子は一瞬、驚いたものの、

「あ、ああ……それは、私もうすうす感じていたわ。どう見ても、高根の花に恋する純情男のまなざしだもの」

とっさに話を合わせた。

ここでのリーダーは自分だと言い聞かせ、鏡に映る己を見る。

そこには「若い子には、まだまだ負けないわ」と奮起する女心に加え、新プロジェクトに意気込む、上気した紅子の堂々たる雄姿が映っている。

(我ながらいい表情をしているわ。お世話になった係長のダメ男改革だなんて、最高じゃないの)

成功させて、先輩としての矜持を保たねばと胸奥で叫びながら、改めて雪乃と美波を見据える。

「善は急げよ! 今夜、係長を呑みに誘うわ」

「え……いきなり今夜からですか? まずはどんな手順で解決に導くか、その計画を話し合うべきじゃ……?」

目を見張る雪乃に、紅子は余裕の笑みを返す。

「大丈夫。だって、第一ステージは決まってるもの。今、三野係長にすべきことは、まず自信を取り戻してもらうこと」

そう言って、紅子は微笑を深める。

「なるほど、係長は完全に自己肯定感が低くなっていますものね」

「アネゴ肌で気風のいい紅子先輩が伝授してあげたら、すぐに自分改革に目覚めるはずです」

雪乃と美波は、紅子の高揚が伝播したかのように、声をうわずらせた。

「でしょう？」

「はい！　では、初回は先輩におまかせします」

「ご報告お待ちしていますね」

ふたりの期待の声に、紅子は肌熱《はだねつ》が一気にあがるのを実感する。

脳内は、すでに三野への誘い文句を模索していた。

2

——紅子たちが勤める「満天《まんてん》不動産」は、新宿に本社を構える中堅不動産だ。

首都圏を中心に賃貸や分譲マンション、一戸建て住宅を扱っているが、業界ならではのネットワークで首都圏以外、関東一帯の物件を扱っている。

紅子は、会社の集まりでよく使う歌舞伎町の居酒屋に「折り入って相談したいことがあります」と三野を呼びだした。

会社帰りのビジネスマンでにぎわう店内の一角。テーブル席で相対したふたりがビールやつまみを注文し終えると、

「……で、相談っていうのは？」

三野はさっそく心配そうに切りだした。

紺のスーツを着た少々疲れ気味の三野に対し、紅子は鮮やかなワインカラーのブラウスに黒のタイトミニ姿だ。

まとめ髪を解いたロングヘアは、紅子のエキゾチックな美貌をさらに引き立てているだろう。

紅子はすかさずバッグから丸い手鏡を取りだし、三野に突きつけた。

「な、なんだ？　いきなり」

「係長、ご自身の顔をよーくご覧になってください」

鏡には、ふくよかだが生気のない三野が映っているはずだ。

多少痩せれば流行りの「塩顔」の部類に入るが、離婚して男やもめになった今、への字型にさがった口角が負のオーラに拍車をかけている。

スーツの着こなしは、比較的きちんとしているからこそ、時折見せる仏頂面や姿勢の悪さも目立っている。

「な、なんだ……人相占いでもしようっていうのかい？」

「違います。『アズ・イフの法則』です！」

「ア……アズイフ？　なんだ、そりゃ？」

そこにビールジョッキが運ばれてきた。

乾杯して、互いにぐいっと呑んだ。

のどをすべり落ちるビールのほろ苦さを味わいつつ、紅子は話を続ける。

「ほら、口角がさがっていますよね」

「あ、ああ……確かに」

三野は鏡を見ながら、口端についたビールの泡を手でぬぐった。

「口角をあげて、無理やりにでも笑顔を作ると、脳は『快』状態になり、体にパワーもみなぎって仕事のパフォーマンスもあがるんです」

「それが、そのアズ……なんとかの法則っていうんだ」

「はい、『アズ・イフの法則』は、『楽しいから笑うのではなく、笑うから楽しくなる。あたかも楽しそうに笑っていると、本当に楽しくなる』――つまり、行動によって感情はいくらでも変えられるという教えですよ」

「なんか難しいな。ようするに、無理にでも笑顔を作れば、心は楽しさを感じて、仕事も上手くいくってことかな？」

「はい、笑顔を作ると脳は幸せだと思いこむんです。応用として『あたかも仕事のデキる男のようにふるまうと、本当に仕事がデキる男になる』とも記されていました」

「なるほど、一種の自己暗示みたいなものだな？」

三野はビールジョッキを手にしたまま、つぶやく。

「これは脳科学でも立証されています。笑顔を作ると脳は『幸せ』だと錯覚するんです。それに、笑顔は他人との心のハードルをさげる重要な武器ですよ。いつも弱々しい表情をしていたら、チャンスが逃げていきますし、自己肯定感だって保てません。今日から笑顔を意識して、姿勢もきりっと正してみてください」

紅子が一気に告げると、

「こ、こうかな」

従順な三野は、すぐさまにっこり笑みを作り、ぐっと胸を張った。

「そうそう、とてもいい感じ。堂々としていかにもデキる男って印象です」

「……なんか、くすぐったいな。でも、笑顔と姿勢の良さは心がけるよ。いやぁ……知ってのとおり、最近、失敗続きで、皆に合わせる顔がなくてさ……自然とうつむいてしまうし、目を合わせることすらできないんだ」

三野は弱々しく視線を逸らして、ビールを呷《あお》った。

「アイコンタクトも周囲からの信頼を高め、敵にナメられないために大切なことですよ。私、学生時代は心理学を専攻していたので、この分野は詳しいんです」

「敵か……」

ぽつりと呟いた三野の心には、憎き池部課長のキツネ顔が思い描かれているだろう。

「ですから、係長は笑顔、姿勢に加えて、アイコンタクトも意識してください。この瞬間から、三野係長は変われるんです。私、応援していますから」

紅子がまっすぐに見据えてほほ笑むと、三野は目をしばたたかせた。

「……も、もしかして、それをわざわざ教えるために、僕を……」

言葉を継ごうとした三野の言葉をさえぎり、紅子は手にした鏡をテーブルに置いた。

「はい……私は、ここ最近の係長を見ていて思ったんです。以前のように、温かな笑顔を取り戻して、生き生き働いてもらいたくて……係長には新人時代からお世話になりっぱなしでしたから」

紅子はやや眉根を寄せて情感たっぷりに告げる。

「よ、よかったよ！」

「えっ？」

「……いやあ、『折り入って相談があります』なんて言われたから、夫の静男くんとのトラブルかと思ってね……内心、心配していたんだ」

「えっ、静男さんとのことですか？」

「ああ、僕が彼を紹介したようなものだからね。まさか、結婚するとは思わなかったけど。彼は誠実で思慮深い、聡明な男だよ」

三野は安心しきったように、つまみの冷やしトマトに箸を伸ばした。

そう、夫とは三野をとおして知り合った。

三野の大学の「歴史研究サークル」の懇親会に誘われ、紹介された静男とは、イケメン戦国武将や衆道《しゆどう》、陰間茶屋《かげまぢやや》の話題で盛りあがった。

紅子は特段、歴史好きというわけではないが、父が歴史小説や時代劇マニアだったため、実家には、吉川英治や司馬遼太郎の小説、「三国志」「忠臣蔵」などのDVDが多くあったのだ。

結果、彼との会話がはずみ、五カ月間の交際期間を経て結婚に至った。

「ご心配には及びません。うまくいっています」

そう見栄を張ったものの、紅子は夫との関係を頭の中で反芻《はんすう》してみた。

（確かに仲はいいけれど、夫とはセックスレス……もう一年近くしていないし、その間、火遊びする相手も作らなかったわ……。三十四歳にして女を満喫できてないなんて……もしかして私ってみじめな女？）

目の前に座る係長も不憫だが、自分も不幸な部類なのかもと、一瞬、言葉につまる。

紅子がいうべき言葉を選んでいると、三野は懐かしそうに微笑み、二杯目のビールを注文した。

「大学の歴史研究サークルの親睦会に、紅子くんを誘ってよかったよ。我々のサークルは歴史好きが高じて、ＯＢになった今も現役学生らとの交流を続けている。そのおかげで、静男くんを君に紹介できた。彼と意気投合して話が弾んでいたのはわかったが、あのときは正直、結婚するとは思わなかった。彼は元気なんだね？」

「は……はい、歴史関係の学芸員として、土日も忙しく働いています。刀剣ブームや城ブームの際は出張が多く、今もほとんどすれ違い夫婦ですが……」

「そうか……静男くんはいい意味で責任感が強い、悪く言えば完ぺきさを求めて根《こん》をつめすぎるところがあるからな」

「はい……先日も、加藤清正が作った熊本城の石垣を確認するため、わざわざ、始発の飛行機で熊本まで行って……」

と、そこまで話したところで、紅子は二杯目のビールジョッキを店員から受ける三野の薬指が、異常に長いことに気づいた。

人差し指と薬指をくらべ、薬指の長い男性は、テストステロン——つまり男性ホルモンが優位で、セックスが強い証拠だと言われている。

紅子はじっと彼の両手を観察した。

小太り体型と同様に、ふくよかで節の目立つ男らしい手は、やはり左右どちらも人差し指よりも薬指が段違いに長い。

オスの能力に長けていることが一目瞭然だ。

(もしかして……係長って絶倫?)

紅子の胸奥がトクンと高鳴った。

直後、なんの脈絡もなく、三野のセックスする光景が脳裏に浮かんだ。

意外なタイミングで発情のスイッチが入るのは、これまでにも時々あった。

（うそ……もしかして、係長に？）

心で否定しながらも、その感情はしだいに輪郭をはっきりさせていく。

面倒見がよく親切で、自分よりも相手を尊重する三野のことだ。さぞ、ベッドの中でも丁寧に女体を愛でていたことだろう。

（静男さんは、どちらかと言うと淡白だったけれど、係長は意外とねちっこいエッチをするのかも）

三野の現在の性事情は知らないが、もし、肌を合わせる相手がいたら、決して自分本位ではない、丁寧かつサービス精神旺盛なセックスで、女性をひいひいヨガらせているかもしれない。

紅子が邪《よこしま》な推測をしていると、突如、膣奥が熱い潤みを帯び、パンティにトロリと愛蜜がしたたったのがわかった。

「あ……ッ」

思わず尻をもじつかせた。

（やだ、こんなときに……）

意に反して、女襞はヒクヒクと蠢いている。そのとき、

「オヤジさん、ナマひとつねー！」

隣席の若者が大声で叫んだ。

「ナマ」という単語がさらに紅子の体を疼かせる。

（やだわ……）

内股をぐっとよじり合わせた。

さらにツツーッと粘液が伝い落ちてきたからだ。

（ああ……）

パンティに染みても、ストッキングとタイトスカートまでは滲むことはないだろうが、生温かな感触が敏感な陰部を刺激し、いっそう体を火照らせる。

「どうしたんだ、酔ったのかな？」

その声に我に返った。

視線を向ければ、紅子のふしだらな思いなど知るはずもない三野は、しっかりと口角をあげ、姿勢を正して、まっすぐに紅子の瞳を見据えてきた。

（もう……係長ったら）

紅子は反射的に、バツが悪そうに目を逸らした。

先ほどまで、あれほど堂々と三野に活を入れていたというのに、唐突に入った発情のスイッチ……。自分でもよくわからぬまま、体は肌熱をあげていく。

「大丈夫かい？」

三野は眉をひそめている。

彼も紅子の態度に異変を感じたようだ。

（やっぱり……私、発情してる……？）

いや、いけない——自分には、公私ともに恩義のある上司を「デキる男にして恋も成就させる」というミッションがある。

雪乃と美波とともに誓ったばかりではないか。

でも……間違いなく自分は目の前の上司に「男」を感じている。

セックスの快楽を知っているだけに、セックスレスとなった今、喉から手が出るほど、あの目くるめく愉楽が欲しくてたまらない。

その渇望が、紅子を思いもよらぬ言動へと導いた。

「……じゃ……ありません」

紅子は周囲に聞こえぬよう小声で囁いた。

「えっ？」

紅子の声を聴きとれなかったらしい、三野はぐっとテーブルごしに身を乗りだした。

「全然、大丈夫じゃありません」

クールだが、先ほどより声のトーンをあげた。

体の芯がますます熱を高めている。

酔いだけではない、明らかに発情している証拠だった。

「どうしたんだ？　いきなり……」

ここで素直に告げていいものだろうか。

しばしの沈黙があった。

紅子の頭の中では、ありとあらゆる仮説が泳いでいる。

誘うか、帰るか、このまま体の火照りが冷めるのを待つか。他にも、さらに細かな選択肢が、木の幹から伸びる小枝のように広がっていく。

結果、女の本能は、紅子の口をなめらかにした。

まっすぐに三野を見つめると、

「この際だから言います。ご紹介くださった静男さんとは、仲のいい夫婦ですが、夜のほうはまったく……つまり、セックスレスなんです」

開き直って告げた。

「……セックスレスって……紅子くん」

予想外の言葉に、三野は呆けたように、口をポカンと開けた。

とたんに、紅子の頭にカッと血がのぼるのがわかった。

阿呆ヅラの三野にも、そんなダメ男に発情する自分にも、ふつふつと怒りがわいてくる。

「とりあえず、店を出ます!」

紅子は立ちあがった。

頬を引きつらせる彼をにらむと、つかつかと外に歩き始めた。

3

「おーい、大丈夫か?」

背後から三野が叫んでも、紅子は無視を決めこみ、繁華街を歩き続けた。

心は複雑だった。

ダメ係長に活を入れるつもりが、薬指が異常に長いと知った瞬間から、一気に淫らな妄想が膨らんでいった。

苛立ちが増すほどに、パンティに熱い潤みがしたたっていく。

（全然、大丈夫じゃないわよ……なによ、勝手に女心に火をつけて）

背後から追いついた三野は、戸惑いながらも、紅子のすぐ後ろを歩いてくる。なにか言いたげで、それでいて、言うべき言葉をあれこれ模索しているようすが察せられる。

（もう、鈍いんだから……）

振り返った紅子は、いきなり三野の腕をわし摑んだ。

彼が驚く間もなく、強く引きよせ、唇を重ねていく。

「ううっ」

三野は硬直したまま動かない。

あまりの唐突なキスに仰天してしまって、体をこわばらせ、ただただ唇を吸われている。

紅子はすぐさま唇を離した。

頰を紅潮させ、茫然とたたずむ三野を見ていると、自分のペースが戻ってきた。

唇についたビールの味を確認する余裕もある。

そう、こんなときこそ笑みを浮かべ、胸を張ることが大切だ。さっき「アズ・イフの法則」を述べたばかりではないか。

「係長、今夜だけ私に付き合ってくれません？」

紅子はあえて強気で言い、困惑する三野の腕を再度引いた。

「お、おいっ……君……」

「ご存じですか？　男が自分に一番自信を持てる秘策。それはセックスです。いいセックスは男に最高の自信をみなぎらせる。あんな池部に負けてる場合じゃないですよ」

ふたたび彼の腕を取ったまま、カツカツとヒールを響かせ、なおも歩を進める。

「い、池部クンと張りあう気はないよ……おいっ……紅子くんっ」

その言葉を無視し、

「それに、沙由美ママへの気持ちも十分知ったうえでのお誘いです。ご自身のためにも、今日だけは獰猛なオスになってください」

「ちょ、ちょっと待ってくれ……なぜ、沙由美ママのことを……？」

「あら、一緒に店に行ったとき、酔った係長が自ら教えてくれたじゃないですか？」

とっさにごまかした。

「えっ……僕が？」

「あのママさん、美人だから相当モテるでしょうね。ならば、いろんな女を抱いて自信と余裕をつけておくべきです。同時に、妻を抱かない静男さんを紹介した責任も取ってもらいますよ」

あまりにバカげたこじつけだが、このようなときはスピードが勝負だ。

「せ、責任って……」

彼の腕をつかんだまま、紅子は近くのビジネスホテルの門をくぐった。

ツインルームのシックな室内に入るなり、紅子はドアの鍵をかけ、三野の前にひざまずいた。

「べ、紅子くん……本気なのか？」

この期に及んでも、三野はまだ信じられないという表情をしている。

「ええ、お互い秘密ということにしておいてください」

手早くズボンのベルトを外し、下着とズボンを一気にさげると、男のイチモツが顔をのぞかせた。

ほの暗いダウンライトのもと、ペニスはまだ完全に女を愛する状態ではなかったが、逆に愛らしさがつのる。

股間に顔をよせ、クンクン鼻を鳴らすと、肉棒は徐々に硬さを増してビクンとなった。

「くっ……」

「んん、係長のペニス、いやらしい匂いがする」

紅子はペニスに鼻先を押しつけ、久々に男の汗臭さを堪能していた。

過去の記憶をたぐりよせると、夫とは違う牧歌的な匂いが鼻腔をつく。

女襞がヒクつくのが分かった。

「係長のここ、匂いを嗅いだだけで、もう硬くなってきましたよ」

紅子は高飛車に告げると、根元をにぎり、包皮を剝いた。

勃起は八割ほどだろうか。夫よりカリ高で野太いイチモツだ。

やはり男性ホルモンが強いのかもしれない。

尿道口からはすでに透明な汁が吹きこぼれ、紅子の指を濡らしていく。

（この歳なのに、この先走り汁の多さ……）

紅子は生唾を吞み、唇をOの字に割り広げると、ひと息に咥えこんだ。

「紅子くんっ……い、いきなり……うむむっ」

すぐさま舌を絡め、ジュブジュブと首を打ち振った。

もっと焦らしてもよかったが、男のためらいを拭うにはスピーディーさが肝心だ。

最初に激しく、中盤で焦らして、後半で再び一気に盛りあげるのがいいだろう。

これまでの経験人数は二十人ほど。アバンチュールもあったが、それなりに厳選した男たちだ。五十代の男性は四、五名だっただろうか。

その中でも、三野の先走り汁の量の多さはダントツだ。

内頬を密着させながらスライドを続けると、ペニスはいっそう硬さを増していく。いきなりのバキュームフェラに、男根は急速に膨らみ、芯から硬くなるまで数秒とかからなかった。

「はうう……」

完全に勃起した怒張は、紅子の舌と上あごを圧迫する。

けっこう長大なサイズだ。

(夫のモノより硬いわ。味もえぐみを含んだ塩気が強い。ああ、カリが張っていやらしい……)

その頼もしさが、紅子をさらに情熱的なフェラチオへと導いた。

パンパンに充血した胴幹をにぎり、上下にしごいていくと、

「あ……くう……」

三野は低くうなった。

紅子自身、ペニスを咥えたのは一年ぶりだろうか。

しかし、体はテクニックを覚えていた。

いや、フェラチオをするうちに、勘を取り戻したと言っていい。

包皮を剝きあげるときは肉棒を咥えこみ、剝きおろす際は、吸いあげる。

亀頭部分だけを咥えこみ、顔を左右に揺らしながらチュパチュパとしゃぶり立て、舌で裏側を圧迫しながら、下唇でカリのくびれを執拗にはじいた。

ジュブブッ……ジュブブ……!!

「おおっ……」

三野は内ももを震わせた。

興奮のうなりが頭上から降ってくる。

今、彼の脳裏には様々な思いが巡っているだろう——部下と一線を越えてしまう理性とのせめぎあい。もし、会社に知られてしまったらというおびえ。後輩の人妻とただならぬ関係になった懺悔《ざんげ》。

だが、それ以上にフェラチオされる悦びが、もう後には引きかえせないと諦念にも似た気持ちになっているに違いない。

その証拠に、口内のペニスは限界までそそり立っているではないか。

急角度で猛りたつオスの象徴は、紅子のプライドを満たし、さらなる欲望を掻き立ててくる。

「あ……はあぁ……カチカチ……すごいわ」

左手で竿を支え持ち、頬張りながら、紅子は右手でブラウスのボタンを外していく。

今日のランジェリーは、ブラウスに合わせたワインレッドだ。

初めて体を重ねる男との情事にふさわしい官能の色——すべてのボタンを外し終えると、紅子はフェラチオを続けながら、ブラウスの袖を腕から抜きとり、床に落とした。

「おお……」

彼の目には深紅のブラジャーの中で窮屈そうに盛りあがるEカップ乳が見えているはずだ。

紅子はいったん怒張を吐きだし、三野を見あげた。

「係長、触ってください」

興奮に鼻息を荒らげる彼と視線を絡ませ、ふたたびペニスを頬張った。

左手で肉幹を握ったまま、右手で陰嚢《いんのう》を包みこむ。

これまで肌を合わせたどの男たちも、陰嚢を手で優しく揉みほぐしながら、裏スジをツーッと舐めあげると、歓喜のうなりをあげた。

「ううっ……君が、こんないやらしいフェラを……あうぅっ……」

三野は伸ばした手でブラジャーごしの乳房を揉みこんできた。

「ああっ……気持ちいい……もっと強く揉んでください」

彼はその言葉に煽られたのか、むぎゅむぎゅと力強くこねまわし、乳肉に手指を沈ませてくる。

両乳房に強い刺激を与えられ、紅子のフェラチオにも熱がこもる。

互いの気持ちがいちだんと高まるにつれ、喜悦の呻《うめ》きも、口唇愛撫も激しさを増した。

紅子は、男がもっとも感じると言われる包皮小帯《ほうひしょうたい》――カリと裏スジの交差部分を丹念にねぶると、

「くううっ」

三野はブラカップの中に手を忍びこませ、乳首を摘まみあげた。

「んっ」

「すごいよ、君もカチカチだ」

三野は声を震わせつつ、尖った乳首をひねりあげ、くりくりと刺激してくる。

紅子は思わず身をくねらせ、尻を振りたてた。

いつしか膣口は、愛液でぐしょぐしょに濡れているのがわかった。

セックスレスだった自分が、まだここまで濡れるのだと思うと、誇らしくなる。

セックスとは無縁だった一年間を取り戻すかのように、紅子は悩ましく喘ぎながら、丹念にイチモツを舐めしゃぶった。

（ああ、早く欲しい）

とどめを刺すように裏スジをチロチロとねぶり、そのまま、カリのくびれをぐるりと一周させる。尖らせた舌先で尿道口に差し入れると、濃い塩味のカウパー液がどっと噴きだしてきた。

三野の興奮を目の当たりにすると、紅子自身ももう、我慢が利かない。

吹きだした汗でブラウスが張りつき、それ以上に、おびただしい愛蜜がパンティを濡らしている。入れてほしくてたまらない。

「係長、裸になって。私も脱ぎますから」

透明液をチュッと吸いあげたのち、紅子はそう告げた。

本来なら、男に脱がせてもらいたい気持ちもあったが、今日は余計な手間などかけたくない。

とにかく裸になって、彼のモノを招き入れたい。

「あ、ああ……わかったよ」

三野は紅子に背を向けたまま、スーツを脱ぎ始め、素っ裸になった。

紅子もブラジャーを外し、スカートを脱ぎ、パンティをストッキングごと取り去った。

「こっちを見てください」

三野が振り返ると、

「おお……紅子く……」

彼は息を呑みながら、目をみはった。

彼の目には、Eカップの丸々とした乳房、ツンと上を向いたのピンクの乳首、華奢な腰から張りだした肉感的なヒップとハリのある太もも、うっすら茂る性毛、スラリと伸びた脚が映っていることだろう。

「すごい……こ、神々しいよ」

三野はまるでビーナスでも見るかのように、声をうわずらせ、興奮に目を血走らせた。

「ベッドに行きましょう」

4

「くうぅっ……」

「ああっ……係長ッ！」

数分後、ふたりは紅子が上になる体勢でシックスナインに興じていた。

早急に挿入を求める気持ちはあったが、女がはしたなく結合をねだると、イニシアチブが逆転してしまう。それに、紅子自身、久しぶりに口に含んだ男根をもっと味わいたい。

むろん、フェラチオの技をさらに見せつけたい思いもあった。

ジュブブッ……ジュボボボ……ッ！

「うっく……おおっ」

陰嚢をあやしながら根元まで頬張り、舌を絡めると、三野がひときわ大きくうなった。

直後、お返しとばかりに三野の舌が、紅子の姫口をネロリと舐めあげてくる。

「くっ……」

ビクついた尻肉をギュッとつかんだ三野は、いくどもワレメに舌を這わせ、あふれる蜜汁をすすりあげる。

ラビアは満開に広がり切っていることだろう。

膣口にはこってりとした粘蜜をたたえ、早くハメられたいと訴えるように、卑猥にヒクついているはずだ。

排泄のすぼまりもが、キュッとわなないている気がする。

クチュ……クチュクチュ……ッ
(ああ、たまらないわ……気持ちよすぎる)

ペニスを頬張りながら、紅子は三野の口元にヴァギナを圧しつけた。

同時に、たわわな乳房を、彼の太ももに密着させる。

胸元を軽く揺すると尖った乳首がこすれ、たまらなく気持ちいい。

三野も、予想どおり丹念なクンニリングスを浴びせてくる。紅子の肉ビラを広げ、左右の濡れ溝から中央の膣口を丁寧に舐めしゃぶり、内ももにも舌を這わせてきた。

おそらく舌の裏側と表側を巧みに使いわけているのだろう。強弱をつけたクンニリングスは、紅子の全身に鳥肌を立たせ、さらなる恍惚へと押しあげていく。

舌先でクリ豆を吸い転がされると、

「あううっ、係長……上手よ」

敏感な一点を刺激され、紅子は背中をビクッとのけぞらせた。

「べ、紅子くんも……す、すごいよ……むうっ」

彼に自信をつけさせるはずの行為は、同時に、自分の自信にもつながっていく。

一年ぶりに男と体を合わせることで、女としての価値はまだまだあるのだと実感させてくれる。

室内には、互いの汗と獣じみた性臭が充満していた。

むせかえるような淫気が飛び交う中、喘ぎと妖しい水音が響きわたる。

「おおっ……くおおおっ」

こらえきれないのか、三野はくぐもった声をいくども漏らした。

紅子の口内にある男根は、今にも暴発してしまいそうなほど、野太く屹立している。

肉胴をすりすりこすり立てると、なおも大量の先走りの液があふれでる。

（もっと感じさせてあげる）

紅子はベッドに左ひじをつき、右手で肉棒をしごきながら、陰嚢を口に含んだ。

「くうっ」

飴玉のように転がすと、三野は悲鳴じみた声をあげた。

男が快楽にうなればうなるほど、それは女への褒美となる。

自分が愉悦に導いているという充足感がプライドを満たし、火照った体をますます熱くさせる。

唾液をたっぷりため、左右交互に睾丸をもてあそび、しまいには、ふたつの玉を同時に頬張った。

その間、三野も必死にクンニリングスを浴びせてくる。

充血しきった花弁を二枚同時に強く吸いあげられると、背すじに喜悦の電流が走りぬける。

「ああっ……ううッ！」

「こ、こうされるのが、気持ちいいのかい？」

紅子があまりにのけ反ったため、三野はそう尋ねてきた。

「ええ、私……激しく吸われるのが好きなの」

そう告げるなり、三野は再度、肉ビラをジュルジュルとはしたない音を立てて、吸いあげてきた。次いで、硬く伸ばした舌先で、膣奥をズブリと貫かれる。

「ひっ」

紅子は唇を噛みしめた。

快楽のあまり、ペニスを吐きだし、しばらく動けずにいた。

フェラチオを中断してしまったことに、ひどくプライドを傷つけられた。

(なによ、ダメ係長の……ミノキチのくせして──)

愉悦に浸る一方で、心で悪態をつきながら、ふたたび亀頭に唇をかぶせると、一気にのど奥まで頬張った。

「おうう」

三野も応戦し、舌先でクリトリスを刺激しては、膣路をぬぷぬぷと穿ってくる。あげく、ワレメから会陰をなぞりあげ、アヌスの入り口付近に舌を差し入れてくるではないか。

「や、やめて……ッ」

「大丈夫だ。紅子くんの……ここ、とてもきれいだ」

そう言うなり、アヌスのシワを舐めのばすように、ぐるりと一周ねぶってきた。

「アァ……ッ！」

紅子は尻を跳ねあげた。

アヌスは何度か舐められたことがあり、嫌ではないが、シャワーを浴びていない排泄の孔を舐められるのには抵抗がある。

「そこは……いやっ……本当にダメなんです」

「わ、わかったよ……ごめん」

三野は素直に言い、舌先をワレメへと戻した。

ジュブッ……クチュチュ……ッ
その後も、互いの性器を舐めあい、刺激しあっては、噴きだした体液を唾液もろともすすりあった。

互いの声と淫靡な粘着音がこだまする。噴きだした汗で肌は吸いつき、粘膜はとろけそうなほど熱い蜜を噴きこぼし、シーツを濡らした。

「も……もう、降参だ。べ、紅子くん」

先に白旗をあげたのは、三野だった。

その言葉を聞いたとき、どれほど満足感に包まれたことだろう。

「わかりました」

紅子は呼吸を整え、ほくそ笑みながら、上体を起こした。

「私が上になりますね」

紅子は、どこまでもリードすることにこだわった。

仰向けになった三野の体に騎乗位でまたがると、乳房を見せつけるように胸をせりだし、勃起を握る。

ひざ立ちになり、もう一方の手で濡れた陰毛と肉ビラをかきわけ、亀頭をワレメにあてがった。

愛液をなじませる必要などないほど、互いの陰部は潤っている。

「入れますよ」

三野を見おろした。

彼は軽くうなずき、頬を上気させながら、見つめ返してくる。

ツンと勃った乳首がじくじくと疼いた。

腰をじりっと落とし、亀頭を軽く呑みこんだ。

フェラチオの際には感じえなかった、雄々しく猛る怒張の存在感がわかる。

なおも尻を沈めると、

ヌルヌルッ……ジュブブ……ッ!!

充血した肉ビラをまきこみながら、ペニスはいとも簡単に根元まで呑みこまれた。

熱い衝撃が膣肉を押しひろげる。落雷に打たれたようなショックと快美感が女体の芯を貫き、紅子は大きく身を反らした。

両手足の先から乳首までもがジクジクと痺れていく。

「はあぁあっ」

「おううぅっ」

一年ぶりに迎え入れたペニスに、紅子は一瞬、動くことができずにいた。

快楽と背徳が同時に押しよせるが、やはり快楽のほうが圧倒的に勝《まさ》った。

うねる膣ヒダが、男根に吸いつき、もの欲しそうに締めあげていくのがわかる。

「ああ……紅子くん」

三野が潤んだ目を血走らせる。

紅子は唇を震わせながらも、あえて冷静さを保った。

セックスレスとはいえ、ここで必死さを見せてはいけない。余裕というものが、どれほど人間を魅力的に見せるか、よくわかっていた。

しかし、三野が告げたのは意外な言葉だった。

「い、痛くないかい？」

「えっ……？」

「ほら……久しぶりだと……」

しばしの沈黙があった。

普通なら「気持ちいい？」と訊きたがるのが男の習性だ。

このようなときでも相手へのいたわりを見せる三野に、紅子も素直になれた。

「ええ、すごく気持ちいい……」

事実、挿入しただけで、壮絶な快美に包まれていた。

これで腰を振ってしまえば、どれほど凄まじい快楽が味わえるのだろう。

期待に胸躍らせながら、紅子は三野の腹に手を添え、腰を前後に振り始めた。

ジュズッ……ジュブブ……ッ！

「ああ……はああっ」

快楽の電流が子宮から脊髄を走りぬけていく。

全身鳥肌が立ち、思考さえもが停止する。

半開きになった口からは、「ああ……あっ」と、悩ましい喘ぎのみが漏れでていく。

徐々にスピードをあげていくと、ペニスがますます膨張したかのように、膣粘膜を押し広げてきた。

「おお……おぅう」

三野も、ひと打ちごとに低くうなり、紅子が尻を落とすタイミングに合わせ、ひざのバネを使って突きあげてくる。

「ああっ……すごい……ッ」

寸分の隙も無く密着した陰部が、さらに深々とハマりこんだ。

（ああ、腰が勝手に動く……）

紅子自身、よくわからぬまま律動の速度が増していく。

乳房が揺れおどり、ロングヘアが散りはねた。

全身から噴きだした汗が、シーツに飛び散っていく。

それでも、腰を振り続けた。

微妙に角度を変えながら、抜き差しをくりかえすと、ぐじゅっ、ずちゅっ、とはしたない水音がいっそう室内に響いた。

「ああ、係長の……すごく大きい……おへそまで届いている感じ」

かすかな苦しさに、紅子は下腹を抑えた。

夫では得ることのなかった、内臓を押しあげられる圧迫感があるのだ。

「大丈夫？　苦しくない？」

三野が腰の突きあげを止めた。

「あ、やめないで。大丈夫ですよ。女にとって、すごく幸せな苦しさですから」

紅子は嬉しさに目を細める。

三野は、どこまでもいたわりを忘れぬ優しさを持ち合わせている。

女にしかわからぬ痛みギリギリの苦しさは存在する。

人によってはペニスに貫かれる痛みさえもが、愛おしいと感じるだろう。

自分は男と交わっている、互いに性器と性器をつなげている事実が、まだ枯れていない女を実感させるのだ。

「係長、見て……私たちがつながっているところ」

紅子はM字開脚の体勢を取り、腰を上下させた。

紅子の位置からは見えないが、律動のたび、三野のペニスは蜜まみれの姿を覗かせては膣内に沈み、新鮮な汁でコーティングされた姿をさらしているだろう。

「なんて……いやらしいんだ……ッ」

「係長がそうさせてるのよ。係長が大切にしてくれるから、私も心おきなく大胆になれるの」

紅子は三野の腹部に手をついたまま、クイッ、クイッと腰を振りたてる。最初は前後に、次いで左右、最後はぐるりと大きく尻をグラインドさせた。

そのたび、三野は興奮に鼻息を荒らげ、結合部を見入っている。

やがて、三野は揺れる乳房に両手を伸ばし、すくいあげるように包みこんだ。

「ああ……」

やわやわと揉みしだかれ、時おり親指と人差し指で乳首を摘まれる。それがたまらなく気持ちいい。

M字開脚での上下運動は、太ももに相当な疲労を感じるが、それ以上に男根に貫かれる快楽が紅子を突き動かしていた。

前のめりになったり、やや後方に身を反らしたりと、角度と速度を変えながら、紅子は一年ぶりの結合を心ゆくまで堪能した。

夫に詫びる気持ちはなかった。

逆に三野と男女の関係になったことで、仕事漬けで、自分をかえりみない夫に寛容になれるとさえ思う。

しばらくすると、

「そ……そろそろ、僕が上になっていいかな」

三野はそう切りだした。

「ええ」

紅子は腰の動きをとめ、弾みをつけて結合を解いた。

崩れ落ちるようにベッドに仰向けになると、三野は覆いかぶさり、ギュッと抱きしめてきた。

ふくよかな三野の胸板が、紅子の乳房を圧迫するが、体重をかけすぎないように気づかってくれることが嬉しい。

セックスという本能むき出しの行為中でも、そんな些細な優しさが、女にとって「私は大切にされている」と実感できるひとつなのだ。

「紅子くん……ぼ、僕は君になんて言っていいか……ただ、君のお陰で男としての自信は間違いなく備わったよ」

その顔には、わずかな照れや困惑がにじんでいたが、それ以上に、男としての自信がみなぎっている。

「私も……嬉しい」

どちらからともなく唇を重ねた。

路上でしたキスとは違う、互いをいつくしむ甘い接吻だ。

先に舌を差し入れたのは紅子だった。

三野の口内を探るようにねぶり回すと、彼も舌を絡めてきた。

柔らかな唇が唾液でぬめり、吸いつき合う。

キスをこれほど幸福だと感じたのはいつぶりだろう。

鼻奥で悶えながら、いっそう舌を絡めあい、唾液をすする。

愛蜜に濡れた勃起が、紅子の太ももに当たっている。依然、硬さを保ち、熱をこもらせた肉棒が内ももに触れるたび、紅子もたまらず腰をよじらせた。

「紅子くん……」

三野はキスを解き、紅子の乳房を両脇から寄せあげると、ツンとしこり立った乳頭を口に含んだ。

「ン……ッ」

紅子は反射的にのけ反った。

乳輪ごと吸った乳首を、上下にねぶりあげられると、前にも増して膣肉がわなないている。

ピチャ……ピチャ……ッ

「ああ、気持ちいい……ッ」

震える手で、三野の二の腕を摑むと、思っていた以上に筋肉質なことに気づいた。

空洞になった女壺に、すぐにでも男根を突き入れてほしい。入れて、入れて――

紅子の思いが届いたのだろうか。三野は両の乳房を愛撫したのち、上半身を起こした。

紅子の太ももを広げ、ひざ裏を抱える。

ぐっと紅子を引きよせ、はずみをつけると、ズブリと腰を送りこんできた。

「はうぅうっ!!」

先ほどとは違う角度で男根がめりこみ、紅子の体は大きく波打った。

三野はすぐさま抽送を開始した。

ズブズブッと粘着音が響くたび、膣ヒダがただれるように疼き、歓喜にうねり、ペニスに吸いついていく。

カリのくびれがGスポットをダイレクトに逆なでし、あまりの気持ちよさに、視界に映った景色が歪んでいく。

「あっ……いいのっ……もっと突いてぇ……突きまくってーーーッ！」

気づけば甲高い声で叫んでいた。

眉間に深くしわを刻み、はしたなくねだってしまう。

クールさを気取っていても、所詮、女は弱い。

男に貫かれてしまうと、いやらしく身をよじらせ、さらなる一撃を待ちわびてしまう。

「うう、紅子……くん」

三野も歯を食いしばり、一打、一打、着実に腰をぶつけ、怒張を叩きこんでくる。

遠のいていく紅子のひざ裏を引きよせては、怒濤の勢いでストロークを送りこんできた。

パンッ、パンッ、ジュブブッ……ジュボボ……ッ!!

粘膜を穿つ湿った粘着音と、肌がぶつかり合う乾いた肉ずれの音が交互に響いた。

掻きだされた蜜汁が、抜き差しのたび飛び散り、失禁したかのように尻の下を濡らしていく。

結合部はたぎり、全身の血液が沸騰していく。

「あぁぁあーーーっ！　はあぁぁあああーーーッ！」

紅子は三野の二の腕に爪を立てた。

夫とでは味わえなかったセックスの悦びが、我を忘れて激しく身悶えをさせる。

決してセックスに溺れるタイプではなく、むしろ男を溺れさせたい願望を持ちながらも、心身のコントロールが利かない。

衝撃的な愉悦がいくども体の芯を痺れさせ、膣肉が男根を奥へと引きずりこんでいく。

体内のペニスはさらに硬さを増して、肉の凶器さながらに、紅子の体をまっすぐに穿ちまくる。

穏やかな三野の隠された一面に驚きながらも、それはあまりにも甘美ともいえるもうひとつの顔だった。

互いの息がぶつかり合い、喘ぎが重なった。

紅子はあごをいくども反らしては、眉間に快楽のシワを刻み「もうダメ……イキそう」と、首を左右に振った。

三野の表情も険しさを増している。

同時に、さらにエネルギッシュな胴突きを浴びせてきた。

奥の奥まで侵食するペニスは、子宮口までゆうゆうと届き、内臓をいくども押しあげた。

紅子の太ももがビクビクと痙攣をおこし始めた。

絶頂の兆しである。

「か、係長ッ……もう……もう限界ッ」

紅子は叫んだ。

アクメをほのめかせると、さらなる猛打を浴びせる男が多かったが、三野は違った。

あくまでも、同じリズムのままで、ストロークを浴びせてくる。

「ああっ、いいっ、いいのッ」

紅子は首に筋が立つほど、甲高い悲鳴をあげた。

力をこめた足裏がぎゅっと反りかえる。

もう限界だった。

Gスポットが逆なでされるたび、背筋に快楽の電流が這いあがっていく。

膣ヒダはますます締まり、性器の密着と摩擦がいっそう強まっていた。ペニスが一往復するたび、頭の中が真っ白になり、得も言われぬ快美感が総身を駆けぬけていく。

「僕もそろそろだ……」

三野が射精をほのめかせた。

「い、一緒に……」

紅子は唇を震わせた。

痺れと小刻みな痙攣が紅子を襲い、女肉がキュッと収縮した。

女壺が抜き差しする肉棒を、執念ともいえる力で締めあげていく。

「あぁっ、イク……イクわ……あぁあああぁーーーッ！」

紅子の体は大きく波打った。

絶叫する紅子を見届けると、三野の腰づかいがいちだんと激しさを増した。

痙攣する肢体めがけて肉の鉄槌《てっつい》を叩きこむ。

「おおぅううぅっ」

三野がペニスを引きぬくと、

ドクン、ドクン、ドクドクドク……ッ！

熱いザーメンが、紅子の汗ばむ下腹に飛びちった。

「係長……」

彼の首に手を伸ばし、抱きしめた。

互いの下腹にザーメンがついたが、そんなことは取るに足らない。

今はただただ、三野と抱き合いたかった。

数時間前には思いもよらない甘美な余韻に浸りながら、紅子は三野を抱きしめる手に力をこめた。

第二章　恋愛相談から

1

「えーーっ!!　三野係長と!?」

社内の給湯室で、城田雪乃は素っ頓狂な声をあげた。

「しーっ！　声が大きい」

「べ、紅子先輩、すみません……あまりにもビックリしたので……」

「雪乃さんはメイドカフェでバイトしてただけあって、ただでさえ鼻にかかった声が響くんだから、気をつけて」

「は、はい……」

唇を尖らせる紅子に詫びながら、雪乃は背中を丸め、ぽっちゃり気味の身をすくめた。

頭の中には、ふたりが体を重ねる卑猥な妄想が膨らんでいた。

(信じられない……係長とエッチしちゃったなんて)

──ただ、冷静になると、考えられなくもないことだ。

紅子は「彼には、まず自信をつけさせることが大事」と言っていた。男性にとって、もっとも迅速に自信をつける方法──それは、女が体を許すことに他ならない。

三野係長も、紅子ほどの美妻とエッチにもつれこんだのだから、男としての自信はもちろん、オスとしての承認欲求もじゅうぶん満たされただろう。

雪乃は紅子をじっと見つめた。

係長を励ますため、呑みに誘うとは言っていたが、どういう経緯でセックスに至ったのだろう。

(いくらお酒が入ったとはいえ、三野係長が紅子を口説くとは思えないわ。内気なうえに、ただでさえ池部課長に目をつけられているし……だとしたら、誘ったのは紅子先輩のほうからよね)

雪乃は、なおも紅子を食い入るように見つめる。

もともと華やかな美女だが、今日の紅子はいっそう肌艶がいい。

全身から女の色香がみなぎり、同性の雪乃でさえ魅了されてしまう。セックスの効果で、紅子のフェロモンもひときわ活性化したのだろうか。

「あの……ひとつ、うかがってもいいですか？」

「なにかしら？」

「係長とのエッチは……えっと……その」

雪乃が言いよどんでいると、紅子は待ってましたと言わんばかりに大きな瞳を輝かせた。

「それが予想外に大当たり！」

「は？」

「もう、あんな充実したセックスは久しぶりよ。係長ったら、意外にも絶倫でテクニシャンなの。なにかの本に『キスで男女の相性が、クンニで男のホスピタリティが、正常位で男の運動神経の良さがわかる』って書いてあったけど、あれ本当ね」

紅子はあっけらかんと言い、頬を上気させた。

先ほどよりもいっそう瞳を潤ませ、全身から人妻のセクシーなオーラを放っている。

（係長が……絶倫……？）

想定外の答えに、一瞬、雪乃の思考が停止する。

あの小太りの体型と温厚な人柄から「絶倫」「テクニシャン」という言葉は、もっとも遠い気がする。

しかし、紅子はご満悦だ。

彼女のセックスライフはわからないが、ある程度の場数は踏んできたはずだ。

その彼女が豪語するのだから、三野はかなり女を満足させる性技の持ち主なのだろう。

紅子を見ると、ますますご機嫌で、鼻歌でも歌いそうな勢いで頬を緩めている。

頭の中では、三野との秘め事を反芻しているに違いない。

「あ、勘違いしないでね。もちろんセックスだけじゃないわ。笑顔の大切さや姿勢の良さ、アイコンタクトの重要性もきっちり伝えたわよ」

雪乃の視線を感じたのか、紅子は慌てて弁解してきた。次いで、

「ほら、あれを見て」

得意顔で、ガラスごしの社内に視線を流す。

そこには、デスクでパソコンに向かう三野係長がいた。

背筋をシャキッと伸ばしてキーボードを叩き、テキパキと電話応対もしている。

「確かに……昨日とは打って変わって、生き生きと働いているように見えますね」

雪乃もガラスの向こうの三野を見ながら、うなずいた。

「でしょう？　私のレクチャーとセックス効果は絶大よ」

紅子がふっと笑う。

「そう言えば、今朝、出社した際も『雪乃くん、おはよう』って明るく挨拶されました。やはり、紅子先輩のお陰でしょうね」

雪乃はよいしょの一言を投げかけた。

「そうね。でも、エッチした素振りはみじんも見せないでしょう？」

「はい、先輩に言われるまで、まったく」

「そこが彼のいいところよ。口もアソコもかたい男は最高」

そうほくそ笑む紅子を見て、「口も尻も軽い女は最低」と思わず説教をしたくなったが、どのような流れであれ「係長をデキる男にして、沙由美ママとの恋愛を成就させる」というミッションに向けて一歩前進したのは確かだ。

その点は大いに賞賛すべきだろう。

「次は雪乃さんの出番よ。メイドカフェ時代の経験を生かして、係長にいろいろ教えてあげてほしいの。沙由美ママとの距離を近づけるためにも、係長を単なるお客さまから恋人へ昇格させなくちゃ」

「は……はい、まずはお客のポジションからの脱却ですね」

「ええ、それをできるのは、接客業をしていた雪乃さんだけ」

紅子はしたり顔でつぶやいた。

「わかりました。友人のキャバ嬢の中にはお客さまと結婚した子もいましたから、ちゃんとレクチャーしてきます。ちなみに、ママさんは三十二歳でしたよね」

「ええ、確か係長とは十八歳差の三十二歳。じゃあ頼んだわよ。あ……それから、係長の薬指が――」

「えっ、薬指……?」

「ううん、なんでもないの。よろしくね」

紅子はご機嫌なまま給湯室をあとにした。

雪乃はその後ろ姿を目で追う。

（もう、あんなにお尻をぷりぷり振っちゃって……）

キュッとあがったヒップをモンローウォークさながらに振りながら歩くセクシーな後ろ姿――セックスで満たされた充実がありありと滲んでいる。

（それにしても、紅子先輩ったらお喋りなんだから）

雪乃は、ふたたびため息をついた。

三野と男女の関係になったことも驚きだが、それを堂々と報告してくる口の軽さにも、閉口してしまう。

社内不倫などバレては三野をデキる男にするどころか、紅子だって会社に居られなくなるのに……。噂が広まれば、紅子だけにとどまらず、手助けするはずの三野まで大きな迷惑をこうむることになる。

（でも、仕方ないわ。悪気はなくとも、女は「単なる仲間意識」で、様々な情報交換をしてしまう生き物だもの）

紅子の場合、充実したセックスに加え、自分が係長に自信をつけた張本人というマウンティングの意味もあるだろう。

人妻になっても、社内のマドンナは自分だと言わんばかりに、ボディにフィットした制服でスタイルの良さを誇示している。

ぽっちゃり系で可愛さが売りの雪乃は、紅子と張りあう気などさらさらないが、やはり三野を応援する以上、目に見える成果を出したいし、心の隅にはどこかしら紅子へのライバル心が芽生えてくる。

（私も頑張らなくちゃ）

そう意気込む雪乃だった。

2

昼すぎ、雪乃は三野が化粧室に行くタイミングに合わせて席を立ち、用を足した彼の戻りぎわ、偶然をよそおって、廊下で声をかけた。

「あの……三野係長って、確か歴史にお詳しかったですよね？」

雪乃の言葉に、三野はにこやかにうなずくと、

「ああ、大学時代は『歴史研究サークル』だったけど、どうしたんだい？」

ふくよかな体をキリッとさせたまま、訊いてきた。

「実は私、今さらながらネット配信でドラマの『大奥』にハマってしまって……。ちょうど今、エピソード1を見ているんです。天璋院篤姫《てんしょういんあつひめ》と大奥総取締《おおおくそうとりしまり》・瀧山《たきやま》

の女同士の確執や、十四代・徳川家茂《いえもち》の正室・和宮《かずのみや》と実成院《じつじょういん》の嫁姑バトルを軸に物語が構成されて、もう面白くって。江戸城や江戸の大名屋敷などについても知りたいんですが、参考になる本や博物館みたいなものってありますか？」

そう切りだした。

以前、放映された「大奥」は、スーパー時代劇として人気を博し、シーズン3までの連続ドラマ、映画化もされ、雪乃が夢中になった歴史ものなのだ。

「それなら両国の江戸東京博物館がいいよ。僕も何度も通っているけど、いつ行ってもワクワクするんだ」

さすがに歴史好きだけあって、一瞬の迷いもなく三野は答えた。

「江戸東京博物館ですね。あの……よかったら、今度ご一緒しません？」

「えっ、僕と……？」

「だって、歴史にお詳しい係長の説明を受けながら見学したほうが、楽しいに決まってます。ダメでしょうか？」

雪乃は意識的に可愛く小首をかしげた。

メイドカフェ時代、お客にドリンクをねだるときによくやったポーズだ。

案の定、

「あ、ああ……僕でよければ……いつでも」

当初、三野は驚いたように目を見開いたが、染みとおるような笑みを浮かべ快諾した。

その穏やかな面差しからは、紅子と不倫したことなどみじんも感じられない。

（こんな温和な係長が……）

雪乃のFカップの乳房の奥がトクンと鳴った。

考えるほどに三野の隠れたもうひとつの顔に興味が湧いてくる。

「ありがとうございます。では、日時などはメールでご相談しますね」

そう告げて、化粧室へと向かった。

紅子と三野がどのようなセックスをしたのだろうかと、妄想が止まらない。

（……前にエッチしたのは、いつだったかしら）

二十八歳の雪乃の体が熱く火照っていく。

実は、一年半付き合っていた恋人とは、三カ月前に別れたばかりだ。

理由は単純である。

結婚願望のある雪乃に対し、同い年の彼は「もっと責任を持てるようになってから」と譲らなかった。

自分のことはもちろん、雪乃の人生も背負うにはまだまだ未熟すぎるというのは、いかにも責任感の強い彼らしい言葉だ。

それゆえ、雪乃が「責任や実力なんて、そのポジションになってから自然に備わるものよ。見切り発車でいいじゃない」といくら説得しても、彼は首を縦に振らなかった。

結果、雪乃のほうから別れを切りだした。

過去に付きあった男性は五人。いつも雪乃なりに真剣に恋人と向き合ってきた。しかし、思い返せば、自分はまだセックスでテクニシャンと言える相手に巡り合っていない気がする――

(私が選ぶ男性って、年が近い人が多いわ。二十代は精力はあっても、勢いばかりが先だって、女性をイカせる余裕がないのかも……)

その点、五十歳の三野なら、いくらダメ係長と言えども経験値が違うはずだ。

(やだ……ちょっと興奮してきちゃった)

パンティの奥が熱く湿っていくのを感じながら、雪乃は化粧室へと足早に急いだ。

一週間後――。

「係長、ここでーす！」

カジュアルなジャケットにズボン姿で江戸東京博物館のエントランスに入ってきた三野を見るなり、雪乃はボブヘアをなびかせながら、にこやかに手を振った。

会社の制服とは一転、ピンクのワンピース姿の雪乃に、一瞬だけ三野がまぶしそうに目を細めた。

「さあ、行きましょう」

雪乃が三野の腕に自分の手を絡めると、

「お、おい……」

少しだけ困ったような表情をしたが、雪乃は「早く、早く」と強引に館内に続くエスカレーターへと進んだ。

週末の午後、館内はカップルや家族連れで、ほどよく混んでいる。

江戸東京博物館の五・六階の常備施設は、吹き抜けになった約九〇〇〇㎡の大きな規模で、「江戸ゾーン」「東京ゾーン」などで構成されている。

三野は、寛永時代の町人地や大名屋敷、幕末の江戸城御殿を縮尺模型で復元、江戸城を中心とした町割りのようすを見ることができると説明してくれた。

忠臣蔵で有名な江戸城「松の廊下」も忠実に再現されている。

タイミングよく『和宮展』が開催されており、和宮が愛用した蒔絵《まきえ》の櫛《くし》や化粧道具、錦絵のような美しい打掛《うちかけ》を鑑賞することができ、雪乃の心は一気に華やいだ。

二時間ほど館内をめぐったのち、三野と雪乃は博物館をあとにした。

時刻はまだ五時半だ。

「係長、今日はありがとうございました。ドラマで見た和宮愛用の茶碗や銀製の飾物なども鑑賞できて、もう感激でした。このあと、少しだけお食事しませんか？」

雪乃はお礼とともに、すぐさま誘いをかけた。

これからがメインのレクチャータイムである。

「ああ、もちろん、そのつもりで来たよ」

三野もにこやかに笑みを返してきた。

案内されたのは、博物館から徒歩十分ほどの割烹料理店だ。

暖簾《のれん》をくぐると、落ち着きある黒塗りのカウンターとスツールが並べられ、テーブル席が五卓。店内は、カップルや女性客でほぼ満席だ。

カウンターに並んで座ると、和装姿の熟年の女将が和やかに出迎えてくれた。

三野はビール、雪乃は梅酒のソーダ割りを注文する。

「素敵なお店ですね。係長の行きつけですか？」

「いや、僕が行っていた店は、男ばかりが集うむさくるしい赤ちょうちんだったから、今日は若い女性に人気の店をネットで調べたんだよ」

出されたおしぼりで手を拭きながら、三野は照れ臭そうに笑った。

「えっ、わざわざ……ありがとうございます」

ふたりは、湯葉の刺身、季節のお造り、春野菜の天ぷらをオーダーして乾杯をする。

「美味しい、上品な甘さが私好みだわ」

ほのかな黒糖の甘さと梅の酸味が、炭酸とともにのどをすべり落ちていく。

三野も「うん、こっちも美味い」とご満悦だ。

テーブルに料理が並べられると、三野はかいがいしく小皿に取り分けてくれる。

「係長、私がやりますよ」

雪乃が手を伸ばしても、

「大丈夫、こういうの慣れているからさ」

三野はテキパキと料理を盛り、グラスが空くと酒を注文した。

「優しいんですね。ありがとうございます」

雪乃はしみじみと礼を述べる。

見学中はまさにデートだった。

普段は口数の少ない三野だが、得意分野である歴史では、豊富な知識を丁寧でわかりやすく、時にユーモアを交えながら説明してくれ、雪乃は心地よく聞き入った。

意外な三野の一面を知り、嬉しい驚きを感じもした。

ビジネスマンの出世は上司しだいとよく聞くが、池部というブラック上司とさえめぐり合わなければ、もっと昇進していたのではと思ってしまう。

(どうしよう……ちょっと好きになっちゃうかも)

胸がドキドキしているのは、酒のせいだけではない。

でも、彼には沙由美ママという思い人《おもびと》がいるのだ。

恋が成就するよう、応援しなくては——。

複雑な思いに駆られながら、雪乃は会話の糸口を探しあぐねた。

「えっと……そうそう……以前、『大奥で張形《はりがた》が見つかった』という記事を目にしたのですが、大奥って女だけの世界、将軍と枕を共にできた女はごくわずかですから、大半の女は性欲を持てあましていたんでしょうね。厳格な礼儀作法に縛られた毎日、ストレスが溜まって仕方ないですよ……私には耐えられないです」

唐突にエロティックな話題が口をついて出てしまい、雪乃自身、驚いてしまった。

しかし、そんなトークにも三野はまじめに答えてくれる。

「ああ、張形は、もともと中国から伝来して、平安の末期には日本でも使われていたんだ。高級なものだと、べっ甲や水牛の角を素材に作られているんだよ。上《かみ》方《がた》から江戸に伝わり、大奥や武家屋敷の奥向きで需要が高まっていったんだ。張形にお湯で温めた綿などを詰めて使用していたというし、春画や枕絵には、張形を選ぶ女たちの嬉しそうな表情が描かれていたから、当時も人気のアイテムだったんじゃないのかな」

「今は、セルフプレジャーという呼称で、女性向けのアダルトグッズは堂々と売られていますものね」

雪乃は、恋人と別れてから、オナニーする回数が増えたことに気づいていた。

アダルトグッズではない、中指でクリトリスをはじくように刺激し、もう一方の手で乳房を揉みしだくのが定番のスタイルだった。

脳裏に描く妄想は、見知らぬ男に無理やり犯されている光景だ。

淫靡な余韻にふけっていると、パンティにトロリと蜜液が滲むのが分かった。

(あ、やだ……)

雪乃はワンピースごしの尻をもじつかせた。

ここでは、係長に恋愛成就のコツを話さなくちゃいけないのだ。

パンティに染みた潤みに困惑しながらも、どう話を切りだそうか、しばし考えたのち、

「か、係長は……今、特別な女性はいらっしゃるんですか?」

ストレートに訊いてみた。

「えっ、な、なんだよ……いきなり」

「いえ……独身に戻られて、そろそろ二年だと思って……」

「あ、ああ……そうだな。あっという間の二年だったな」

三野は苦笑しながら、ビールを呷った。

グラスを握る手がふっくらと優しそうで、彼の人柄そのままのように思えてしまう。

きちんと切りそろえられた爪も清潔感がある。

「実は私、三カ月前に恋人と別れたばかりで……。相手は同い年だったんですが、まだ結婚に踏み切れないようで、悩んだすえに私から別れようって言ったんです。で、係長の恋バナも聞きたいなって……」

口当たりのいい梅酒が雪乃を酔わせ、軽口を叩かせる。

「それはつらい思いをしたね。男女平等をうたわれても、結婚に対しては、まだまだ男性側の責任の重さは大きいと思うよ。彼はある意味、慎重で責任感のある男だったのかもしれないよ」

三野は雪乃の胸の内を気づかいながらも、公平かつ誠実に告げてきた。

「……そうですね。結婚はタイミングが重要だと痛感しました。で、係長の彼女さんは……？」

「彼女なんていないよ……会社でも見てのとおり、ダメ男で女っけナシさ。ははっ」

三野ははぐらかした。

先日、紅子と男女の関係になったにもかかわらず、ダメ男を貫きとおす。

（きっと口が裂けても言わないわね……でも、口の堅い男っていいわ……信頼で

きるもの）

もう少し酔ったほうが話を切りだしやすいと、雪乃は梅酒ソーダを注文した。

「以前、会社の飲み会の二次会で、クラブに行ったとき……ええと、確か沙由美ママだったかしら……あのママさんに惚れて二年も通っていると、酔った勢いでおっしゃっていましたよね？」

オーダーした酒が置かれると、雪乃は核心に迫った。

「えっ、そんなこと言ってたか？」

「はい、私が学生時代は秋葉原のメイドカフェでアルバイトをしたことを告げたら、『お客さんと店の女の子が男女の仲になることはあるのかな？』とも訊いてましたよ」

「そんなことまで……」

「もちろん、ママが別の席で接客しているタイミングですから、ママにはバレていません……あ、もっとも二年も通われているなら、お気持ちは伝わっていますよね」

雪乃が柔和にほほ笑むと、三野はすっかり気を許したらしく、改まったように打ち明けてきた。

「雪乃くんには本音を言うよ。僕は沙由美ママに惚れている。いつも温かくもてなしてくれる彼女には、本当に励まされてね……まさに、僕のマドンナさ」

「ええ、女性から見ても和服美人という言葉がぴったりで、きめ細かな気配りができる女性ですよね。ご一緒したとき、ボトルが空いても『今日はけっこうお酔いになっているので、ボトルを入れていただくのは、次回にしましょう』って、目先の売り上げではなく、お客さまを大切にしている方だなと、感心しちゃいました」

雪乃は、涼やかな瞳が印象的な沙由美ママの美貌を思いだす。

そう言いながらも、心中は穏やかではない。

少なからず係長に惹かれている自分が、彼の恋愛成就の応援をせねばいけないのだから。

「そうなんだよ、心根が優しいんだ。ママはバツイチらしいけど、正直、脈アリだと思うかい?」

三野は、真剣なまなざしで訊いてきた。

これには雪乃も真摯に向き合わなくてはいけないだろう。

「知人のキャバクラ嬢で、お客さまと結婚した子が何人かいるんです。だから、可能性はゼロじゃありません。ホステスやママさんと懇意になりたいなら、下心を見せず、あくまでもフレンドリーに、そして味方になってあげることです」

「味方？」

「はい、大半のお客さまって結局のところ、スケベ心で店に通っているんですよね。だからあえて逆を行くんです。下心など見せずに、定期的に通って、まずは信頼関係を結ぶこと」

「信頼関係か……」

三野はうなずきながら、ビールを一口すすった。

「はい、お客さまと結婚したキャバ嬢の話ですが、ダンナ様は元々常連客だったんですって。で、指名をもらっているうちに、徐々に親近感がわいて、悩み事も相談できるようになったそうですよ。そのとき、かなり親身になってくれたようで……ほら、ホステスって、一見華やかに見えますが、売り上げや人間関係で、メンタルが落ちこむこともありますからね」

「確かに……酔った客に尻を撫でられても、笑顔で『こら、いけない手ね』って、可愛らしく叱るママの姿を何度も見かけたよ。苦労してるなあっていじらしく思えたな」

「オサワリにもやんわり対応しなくちゃいけませんものね。その子が言うには、ダンナ様って『僕はいつも君の味方だから』というスタンスを崩さなかったんですって。口説きもしないし、オサワリもゼロ。まさに応援団のようなポジションだったと言ってましたよ。安心できる関係から始まって、信頼、愛情へと変化していったんですね」

雪乃は一気に告げた。

「わかった。下心を見せずに、味方だよという姿勢をキープすることだな。でも、単なる都合のいい客で終わらないか？」

「そこも重要ですよね。私はメイドカフェ時代、指名を取りたいお客さんには『ギャップ萌えや想定外の言動』で、相手にいい意味でのサプライズを提供していました。そこで『女』を意識させるんです」

「なるほど、ギャップか」

「はい、まずは、この人といたら安心と思える信頼関係を築くことがステージ1ですから、ギャップ萌えはステージ2ですね。で、今日館内を歩いているときに感じたんですが、係長ってハイヒールを履く私の歩調にさりげなく合わせてくれたり、『寒くないかい？』『疲れたら座ろうか』とか、気づかってくれたでしょう？　そういう心くばりができる男性って、女性からするととても居心地よく感じるんです」

「え、そうなのか？　自分では普通のことだけど……。実家が定食屋で、小さいころから手伝っていたから、自然と身についたのかもしれないな」

「それってすごい強みですよ。係長はお忘れかもしれませんが、私の新人時代、ひとりで残業していたとき、サンドイッチとコーヒーの差し入れをくださったんです……あのときの感謝は今でも忘れていません。すでにステージ1はクリアしています」

あの日の記憶が鮮明によみがえり、隣に座る係長がいっそう愛おしく思えてきた。

ほろ酔いの体が、少しだけ雪乃を大胆にさせる。

「ゆ、雪乃くん……」

三野が慌てたのは、雪乃が彼の肩にしなだれかかったからだ。

幸い、周囲の客たちは話に夢中になり、誰もこちらを気に留めていない。

「私……優しい係長の、別な姿が見たいな……」

次いで、ワンピースから伸びたひざを三野の脚に密着させる。

彼はわずかに体をビクつかせたが、雪乃のひざを拒むようすは見せない。

「べ、別な姿……？」

密着したひざから、三野の体温が伝わってくる。

「ええ……どんなギャップがあるのかしら」

さりげなくベッドのことをほのめかせる。

紅子の情報から、性的好奇心も大いに掻きたてられていた。

「ぼ、僕は……沙由美ママを……」

「わかっています……それは、ちゃんと応援します」

紅潮する三野の耳たぶにふっと息を吹きかけると、三野が肩をすくめた。

「彼と別れたせいか、私……ここ最近、寂しくて……」

「う、うむ……」

「ただ……今日はなぜか、係長に甘えたいの……部下を助けると思って、今日だけ……」

雪乃は三野の大きな手に、自分の手を重ねた。

「ああ、温かい……係長の人柄がにじみ出てるみたい」

雪乃はうっとりと目を細める。

「私のマンション、タクシーですぐなんです。送っていただけませんか?」

三野の手を取り、立ちあがった。

3

水道橋にある雪乃のマンション――。

タクシーで送ってくれた三野を「お部屋まで来て」と誘ったのは雪乃のほうだ。

2DKのリビングは白を基調とした家具と、ピンクのファブリックで統一されている。

「係長、こちらへ」

迷わず寝室のドアを開け、三野を招き入れた。

ダウンライトが灯る寝室は、生成りのカバーがかけられたシングルベッドとサイドテーブルが置かれ、出窓にはポトスやアジアンタムなどの観葉植物が並べられている。

「ゆ、雪乃くん……やはりこれはマズい。今日は帰るよ」

三野の声がいっそう怖気づいた。

（きっと紅子先輩のことがあるから、気にしているのね。確かに部下ふたりと関係を持ったらマズいもの……）

しかし、雪乃は引きさがらない。

体が火照っていることに加え、紅子に対する競争心がわいてきた。

（だったら、私が積極的にならなきゃ）

後ずさりする三野の手を取って、

「今日だけは、わがままを聞いてください……もちろん、誰にも言いませんし、係長の恋路を邪魔するようなことはしません。むしろ、私を沙由美ママだと思って抱いてほしいの……」

「沙由美ママだと思って……？」

「部屋、暗くしますから」

雪乃は照明をミニマムにさげ、三野の腕を取り、仰向けのままベッドに倒れこんだ。

「ううっ……雪乃くんっ」

上になった三野の頬を両手ではさみ、唇を重ねる。

柔らかで温かな口づけだった。

元カレとは違う大人の男の匂いが、雪乃に安堵と期待を感じさせる。

「雪乃って呼ばないで……私は沙由美ママよ。ママだと思って抱いて……」

「……そ、そんな失礼なことはできない……君を抱く以上、雪乃くんだと思うよ」

三野らしい誠実な言葉を口にし、唇を押しつけてくる。

互いの舌が絡み、唾液が行きかった。

三野はついばむようなキスを与えながら、優しく舌を吸ってきた。

「んっ……嬉しい……係長」

彼の背中に腕を回すと、意外にも筋肉質な体に陶然となる。

紅子もこの体に抱かれたのだと思うと、彼女よりも最高のセックスを味わわせてあげたい気持ちが強くなっていく。

三野の男根が雪乃の下腹を圧迫してきた。

すでに硬く勃起している。

戸惑いながらも興奮してくれることが、女にはなによりも嬉しい。なおも下腹に押しつけられると、雪乃の秘園も卑猥に濡れていくのがわかる。

「雪乃くん……」

大きな手が、雪乃の左乳房を包んだ。

ワンピースごしにやわやわと揉まれ、乳首が硬くしこっていく。

雪乃はもっと触ってと訴えるように、Ｆカップの乳房をせりあげた。

「ン……ああ」

反らした雪乃の首筋に、キスの雨が降ってくる。

三野は、首から耳、耳から唇と接吻を与え、熱い息を吹きかけてきた。

洋服ごしの乳房を捏ねた手は、ウエストから張りだしたヒップへと伝い落ち、臀部を撫でまわし始めた。

「んっ……恥ずかしい……私、スタイルが……」

みずから望んだ行為なのに、ふくよかな体型や豊満なヒップが、紅子と比べられているのではと不安がこみあげてくる。

「大丈夫。女性が思うほど、男はスリムな体型にこだわってないよ」

三野はそう優しく囁き、耳たぶを甘噛みしてきた。

「ああ……」

「雪乃くんの甘い香りがする……」

じっくりと焦らすように、体中を撫でまわしたのち、彼は背中のファスナーをおろし始めた。

ジジジ……と響くジッパーの音を、これほどセクシーに感じたのはいつぶりだろう。

ワンピースの袖を腕から抜き取られると、淡いピンクのブラジャーに包まれたFカップの乳房が現れた。一瞬、目をみはった三野だが、ワンピースを足元から脱がすと、素早くたたんでベッド脇のサイドテーブルに置いた。

（こんな人、初めて……）

そう思いながら、雪乃は両手を交差させて胸元を隠し、ブラジャーとペアになったピンクのパンティ、極薄のストッキングに包まれた脚をよじり合わせた。

体はいっそう火照り、心臓がドクドク鳴っている。

だが、大切にされている実感は、恥ずかしさを快楽へと転換してくれる。

仰向けのままブラジャーを外されると、ぷるんと乳房がまろびでた。

乳房の形には自信があった。丸々と実った乳房は仰向けになっても少しのひずみもなく、瑞々しい果実のようだと、言ってくれた男もいた。

粒立ちの少ない丸い乳輪と、敏感に勃つ乳首も自分の好きなパーツだ。

「雪乃くん……ランジェリーも可愛いけど、オッパイはまるでマシュマロみたいだよ」

三野は鼻息を荒らげると、ツンと勃った乳首を口に含んだ。

「ああっ」

雪乃は唇を震わせた。

乳頭をチュッと吸いあげられ、再び口に含まれると、しこった先端がさらにジンジンと硬くなっていく。口内で蠢く舌が尖った乳首を上下左右にはじき、なぎ伏せるように圧してくる。

「あ……気持ち……いいです」

雪乃は汗ばむ体をのけぞらせた。

舌先で丸く乳輪をなぞり、裾野からねっとり乳頭を舐めあげられると、否応なく甘く鼻を鳴らしてしまう。柔らかな唇で食《は》むような感触もたまらなかった。

「あう……ンンッ」

乳首だけでこれほど感じたことは初めてだった。

子宮がキュンと疼き、体全体が羽毛で撫でられたような愉悦に包まれる。

両乳房を交互に愛撫したのち、三野は雪乃の左手首を取り、上方《じょうほう》に持ちあげた。

あらわになったワキのくぼみがネロリと舐められる。

「ひっ」

「あっ……汗が……」

「大丈夫、気にしないでいい」

ピチャッ……ピチャ……ネロネロ……

「ン……恥ずかしい……」

そう身をよじりながらも、丹念な舌づかいに、熱い吐息をつく。

かつての恋人にワキを舐められたことはあったものの、三野が腋下を舐めるなど想像できなかった。

こういうのをギャップ萌えと言うのだろうか。

三野の愛撫は丁寧なうえ、いい意味で予測不能だ。ワキをねぶっていたかと思うと、不意に乳首を吸い、首筋を舐めてくる。

熟達した男の愛撫に、思考が混濁していく。

昂《たかぶ》りつつある体は、小刻みに震え、波打ち、さらなる快楽を欲するように、膣奥からじっとりと蜜をあふれさせてしまう。

三野は、噴きだす汗を清めるように、いくどもワキのくぼみを舐めあげては、もう一方も同じようにねぶってくる。

腋下を舐められるなど、いつ以来だろう。

くすぐったさと心地よさギリギリの強さで、生温かな唾液をまぶされ、雪乃は羞恥と快楽を何度も行き来しながら、くぐもった声を発していた。

「か、係長も……脱いでください」

そう言ったのは、下腹への愛撫が欲しくてたまらなかったからだ。

乳首とワキだけでも、すでに女陰がヒクついている。

体中が性感帯になったかのように、どこを触れられても、鳥肌が立ってしまう。

「雪乃くんも脱いでくれるかな」

「は……はい」

三野はベッドから降り、雪乃に背を向けると、ジャケットやズボンを脱ぎ始めた。

雪乃は慌てて布団の中にもぐりこみ、パンティとショーツをおろしていく。

そのとき、甘酸っぱい匂いが、雪乃の鼻腔に忍びこんできた。

自慰をする際、嗅ぎなれた匂いだが、今日はいつもより濃厚に香ってくる。

足首から抜き取ったパンティは愛液を吸って、ぐっしょり濡れていた。

サイドテーブルに置かれたワンピースの下にランジェリーを忍ばせ、胸を高鳴らせながら、三野を待つ。

（ああ、すごい汗……）

今さらながら、シャワーを浴びたいと思ったが、タイミングをすっかり失っていた。女体はすぐにでもさらなる刺激を欲している。

「僕も入るよ」

三野はベッドにもぐりこむと、横たわる雪乃を背後から抱きしめてきた。温かな体が密着する。

後ろ抱きされると、どうしてこうも安心するのだろう。

三野の手は乳房を捉え、やわやわと捏ねまわし、乳首を摘まみあげた。

「……ンッ」

同時に、尻のあわいに、熱をこもらせたペニスがあてがわれた。

「ああ……」

熱い。そして、かなりの硬さを持っていた。亀頭が臀部をすべり、尻のワレメをなぞってくると、雪乃は思わず尻を逃がした。

湿った吐息をうなじに吹きかけながら、男根は尻を追ってくる。

（もしかして……このままバックから……？）

いや、そんなことはない。

三野のことだ。じっくりと女体を愛で、焦らしまくってから挿入に至るのだろう。

雪乃はとっさに手を伸ばし、男根を後ろ手に握った。

ニチャ……と先走りの汁で濡れたペニスが、手のひらに吸いついた。

肉棒は脈打ち、手の中でいっそう肥え太っていく。

もうじき、この長大なイチモツが入ってくるのだと期待しつつ、怒張をしごいていく。

ニチャッ……ニチャッ……。

「うう……」

背後から三野が唸った。

しごき続けると、おびただしいカウパー液があふれて、またたく間に雪乃の手を濡らしていく。

二十代の男ならここで挿入するはずだろうが、三野は違った。

「雪乃くん、仰向けになってくれないか」

言いながら掛け布団をめくりあげ、雪乃を仰向けにする。

素早く両脚の間に陣取り、顔を股間に寄せてきた。

「ああっ……」

「脚の力を抜いて……」

湿った息が女陰に吹きかかると、いてもたってもいられなかった。

女園が舌の刺激を欲している。

舐められたい。いやらしいことをしてほしい……。

呆れるほど愛液が吹きこぼれていく。

「すごく濡れてる……嬉しいよ」

内腿を優しく広げられ、雪乃はふっと脱力した。

今、三野の目には陰毛に縁どられ、真っ赤に充血した姫口が、甘酸っぱい蜜を噴きこぼしながら、ヒクついているだろう。

ピチャ……ッ
「あううっ」

たったひと舐めで、体が大きくのけぞった。

分厚く幅広の舌に舐められ、強烈な快楽が背筋から脳天を這いあがっていく。

「あ……すごい、あふれてきた」

三野が女陰にむしゃぶりついた。

ワレメの表面に熱い舌腹をじっとりと這わせ、あふれる蜜液をすすっては、呑みくだしていく。

「クッションを借りるね」

ベッド脇にあるクッションが、雪乃の尻の下に置かれた。

無意識に浮かせたヒップをおろすなり、肉ビラのあわいを這っていた舌先が、ズブズブと媚肉を穿ってくる。

「あううっ……あっ、あっ、ああっ」

雪乃はシーツを握りしめながら、甲高い喘ぎを漏らした。

尻の位置が高くなったせいで、舌がスムーズに挿入され、女膣への刺激が格段に強まったのだ。

隣人に聞こえてしまったらどうしようと歯を食いしばっても、巧みに蠢く舌がそれを許さない。

女溝の左右を舐めあげては舐めおろし、チュッと花びらを吸いあげる。

差し入れた舌で粘膜をねぶりまわされ、今にも腰がとろけそうになる。甘い痺れがいくどとなく押しよせ、子宮から背筋、四肢の隅々まで流れていくのだ。

ピチャ……ヌチャ……ッ

「くうっ」

混濁する思考に反して、肉体は快楽を求めつづける。

自分でもコントロールが利かないほど、体が小刻みに震えていた。

「いや……おかしくなるっ」

あまりの気持ちよさに、呼吸までもが困難になり、雪乃は顔をくしゃくしゃに歪めた。

全身の震えが強まり、首に筋が浮き立つのがわかる。

三野はやめてくれない。ふやけるほど舐めまわされるにつれ、おびただしい蜜汁が吹きだし、ワレメから会陰を濡らしていく。

三野はクンニリングスをしながら、右手でわき腹をなぞりあげ、乳房をわし摑む。

乳房を揉みこねる手は、次の瞬間、乳首を摘まんだ。

ツンと尖った乳頭をひねっては、よじり回す。

ピチャッ……ネチャ……ッ

「あう……くうっ」

練達な舌づかいに加え、乳房への刺激が、雪乃をさらなる快楽の高みへと押しあげていく。

ふと、紅子の言葉がよみがえってきた。

――キスで男女の相性が、クンニで男のホスピタリティがわかるのよ。

（ああ……ダメ……本当に気持ちよくて、おかしくなる……ホスピタリティどころじゃないわ）

カッと見開いた目に映る室内が、ぐらりと歪んだ。

直後、腰が跳ねあがった。

クリトリスを吸われたのだ。

「あぁっ……そこ……ッ」

雪乃は、自らクリ豆を三野の口元にこすりつけていた。

オナニーの際、中指で転がす快楽のポイントは、三野に責められたとたん、アクメへ続く階段を急速に駆けあがっていく。

（イキたい……ああ、イキたい……）

雪乃の泣き所を知るなり、三野は重点的にクリトリスを責め始める。

肉真珠を吸い、同時に指を入れて、膣奥をえぐってくる。

濡れた肉壁を掻きまわされ、Gスポットが押しあげられていくと、ぐじゅっ、じゅぼっというはしたない音が室内に響きわたった。

いちだんと濃くなった性臭が、雪乃の鼻腔に忍びこんでくる。

Gスポットをこすられ、クリ豆を執拗に吸い転がされると、四肢が痙攣し、粘つく汗がどっと噴きだした。

「はあっ……うくうっ」

雪乃は奥歯を噛みしめた。

エクスタシーが近づいてきたのだ。

コントロールの効かぬ女体は不自然に痙攣し、太ももガクガクと揺れていく。

三野は、執拗にクリトリスをはじいては、指腹でGスポットを掻きつづけた。

ジュブ、ジュボ……ッ、ジュボボ……ッ！

「はあっ……ダメッ」

陰毛が興奮に逆立つのがわかった。

気づけば、爪を立てたシーツを引っ掻き回していた。

子宮付近でざわめきが起こった。

熱い塊が急速に膨張し、全身を焼き焦がしていく。

次の瞬間、

「あぁっ、イクッ……イキます！　ああーーっ、はあぁぁああーーっ！」

ぎゅっとつむった目の奥で閃光がまたたき、下腹に爆ぜる感覚があった。

絶頂に達した雪乃は、快楽の余韻に浸りながら、激しく呻いた。

女壺がまだまだヒクついている。

呼吸が乱れ、クリ豆も脈動している。

クンニリングスでこれほど凄まじい快楽を得たのは初めてかもしれない。

痙攣した四肢が落ち着くまで、しばしの時間を要した。

4

「係長……今度は、私が……」

自分ばかりイッてしまったことに、申し訳なさを感じながら、雪乃はフェラチオをほのめかせた。

三野を仰向けにさせ、両脚の間に雪乃は四つん這いになった。

下を向くことで、大きな乳房がさらに豊かに見えるはずだ。

案の定、三野は興奮に目を血走らせた。

乳房を見せつけながら、肉棒をこすり立てると、怒張は逞しくみなぎり、熱い脈動を刻んでいく。

雪乃は先走りの汁で濡れ光る肉幹をしごきながら、差し伸ばした舌でチロチロと亀頭を舐めまわす。

「ううっ」

三野が呻くと、尿道口からどっとカウパー液が噴きだしてきた。

舐めるほどに汁があふれていった。

自分が男を興奮させている悦びがふつふつと湧いてくる。

鈴口をチュッとすすり、あふれた透明液を嚥下した。

生々しい塩味を堪能しながら怒張の根元を支え持ち、一気に肉棒を咥えこんだ。

「くうう」

三野は叫んだが、同時に雪乃も甘く鼻を鳴らしていた。

フェラチオは嫌いではない。むしろ男の無防備な姿を見るのは至福ともいえる瞬間だ。

完全にフル勃起した怒張をさらに奥まで頬張り、フェラ顔を見せつけるように、首を打ち振った。

ジュボッ……ジュブブッ！

「あうう」

低く唸る三野を見つめ、なおも舌を絡めながら、スライドを続ける。

きっと間延びした顔が見えているだろう。

でも、かまわない。

ただひたすらに、口唇愛撫に没頭する。

裏スジを重点的に舌で刺激しながら、情熱的なフェラチオを浴びせていく。

「妹系」と言われる雪乃も、ベッドでは一転、決して受け身であるだけのマグロ女には成り下がりたくない。

しばらくすると、雪乃は正座し、三野のふくらはぎを摑んでぐっと押しあげた。

三野の尻が浮きあがる。

「お、おい……雪乃くん」

驚きに目をみはる彼を横目に、陰嚢を口に含んだ。

飴玉を転がすように吸いしゃぶると、三野は「くっ……はうっ」と、気持ちよさそうに呻いた。

かまわず、伝いおろした舌で蟻の門渡りをチロチロなぞっていく。

「あうう……そんなところまで……」

陰嚢を吸いしゃぶり、蟻の門渡りを舌でなぞる行為は、元カレが教えてくれたものだ。

クンニリングスのお返しとばかりに、雪乃は蟻の門渡りを舐めあげ、陰嚢をあやしては、裏スジをねぶり回す。

ピチャ……ネロネロ……ッ!

本来なら、男性に自分で両ひざ裏を抱えてもらいたいが、それ以上にやってみたいプレイがあった。

しばらくペニスと陰嚢、蟻の門渡りを刺激し、勃起を吐きだした。

わずかに上体を起こすと、怒張をFカップ乳の谷間に導く。

パイズリだ。

量感ある乳房の膨らみで勃起を挟みつけ、むぎゅむぎゅ揉みしだくと、汗と体液でぬめる真っ赤な亀頭が、乳房の谷間から顔を出しては消えていく。

「ま、まさか……雪乃くんが……パイズリを……ッ」

三野は信じられないと言わんばかりに、声を張りあげた。

雪乃は上体を揺すり、なおもペニスをしごいていく。

ペニスに与える刺激そのものは、フェラチオのほうが大きいが、パイズリは視覚効果が抜群だ。

「ああ……ん……はぁ……」

悩ましく喘ぎながら、挟んだペニスを一心不乱にしごきたてた。

ズリュッ、ズリュ……ッ!!

上体を揺するごとに、顔を覗かせる亀頭は、さらに真っ赤に充血していく。

「おうぅう……会社では……あんなに愛らしい君が……パイズリだなんて」

三野は、あたかも信じがたいと言わんばかりだ。しかし、その興奮にギラついた目はどこまでもオスの生々しさを宿して、肉棒を挟みこむ雪乃の乳房に注がれる。

「ふふ……もっと感じてください……私、パイズリにはけっこう自信があるんですよ」

そうほほ笑みながら、ぬめる男根をぐっと両乳の間で圧し、胴部からカリのくびれ、亀頭までもを慎重にこすりあげた。

上目づかいで三野と視線を絡ませ、ひざを踏ん張りながら上体を前後に揺らす。

汗と先走りの汁が潤滑油代わりになり、動きもスムーズだ。

「ぁ……乳首も感じるわ」

雪乃は支え持つ乳房の力をやや和らげ、ピンと尖り立つ乳首で肉幹をすべらせた。

ニチャ……クチャ……

「ああ……乳首はどうかしら？」

ぐっと挟んでいた力が抜け、敏感に尖った先端のみでペニスを刺激する、その落差も過去の恋人たちは悦びの声をあげた。

「う、うン……気持ちいいよ……いやあ、それ以上にセクシーな雪乃くんに……ああ、たまらない」

そのあとも、雪乃はFカップ乳で挟みつけ緩急つけたパイズリと、乳首のみを駆使したソフトタッチの刺激で、ペニスを責め続ける。

互いの快楽のボルテージが一気に膨れあがっていく。

淫靡な水音とともに、肉棒はなおも硬さを増して、鈴口から歓喜の汁をあふれさせた。

雪乃の女壺もいっそうヒクつき、熱い粘着液がシーツを濡らしていく。

(ああ……もう限界)

パイズリの体勢もキツいが、それ以上に女壺が物欲しそうにヒクついていた。

三野の勃起をすぐにでも挿入してほしい。

カリの張ったイチモツをハメこまれたら、自分はどうなってしまうのだろう。

「係長……そろそろ」

控えめに懇願したが、三野は雪乃の気持ちを汲み取ったように起きあがる。

「わかった……雪乃くん、仰向けになってくれ……」

促されながら、雪乃は仰向けになった。

(ああ、やっと……)

三野は上体を立てたまま、雪乃の両ひざを引きよせた。

にぎったペニスをワレメにあてがうと、

「入れるよ」

雪乃の瞳をじっと見据え、一気に腰を送りだしてきた。

ズブズブッ……ジュブブ……ッ!!

「はぁああっ！」

熱いペニスがまっすぐ膣肉を貫通する。

雪乃の体は大きくたわみ、乳房がぶるんと揺れはずんだ。

(う、うそ……これが……三野係長……?)

あまりの衝撃に、雪乃の視界が霧がかかったようにかすんだ。

ペニスの挿入で、焦点が合わなくなったことなどなかった。

三野はさらに腰を穿ってきた。

絡みつく肉襞を掻きわけながら、子宮をえぐるほどに、深々と肉の拳《こぶし》を叩きこんでくる。

「ううっ……雪乃くん……ああ、気持ちいい」

雪乃のひざ裏を抱えながら、三野が低く唸る。

「か、係長……すごい……いいです」

まだ挿入から一分と経っていないのに、雪乃は軽いエクスタシーを覚えた。

女襞がうねうねと男根に絡みつく。抜き差しされるごとに膣が収縮し、ペニスを奥へと招き入れるように蠢いている。

(こ、これこそ……最高のギャップだわ)

紅子が言っていたテクニシャンという意味がよくわかる。

三野は複雑なパズルのピースをぴたりとハメこむように、子宮めがけて的確な角度で、腰を前後させてきた。

パパンッ、グジュ……ッ！

「あううぅあああっ」

雪乃は両手を伸ばし、三野の太ももを摑んだ。

あまりに深々と貫かれたせいで、なにかにすがらなくては自分を見失ってしまいそうになる。

女花が煮詰めたゼリーのように熱くたぎり、ただれていく。

普段はいたわりに満ちた三野の、野蛮で荒々しい一面は、久々に男に貫かれる雪乃を、女の悦びにどっぷりと浸らせた。

「おお、ますますキツくなってくるよ……」

「はあ……私も……わかります……係長のモノが私の膣内《なか》でいっぱい……」

湿った息とともに、雪乃は声をうわずらせた。

「雪乃くんが入社したときから、なんて愛らしくてかわいい子なんだと思っていたんだ……でも、まさか、君とこんなふうになるなんて……」

言いながら、三野は腕を伸ばし、両乳房を揉みこんできた。

「柔らかいよ……どこまでも指が沈んでいく」

ペニスをずっぽりとハメこんだまま、三野はFカップ乳を揉みしだき、尖りたつ乳首をひねりあげた。

「ぁ……すごく感じます……自分がこれほど感じやすい体だったなんて……」

媚肉がペニスをビクビクと締めあげた。

「おお……雪乃くん……」

乳首を摘まれたまま、雪乃は腰を震わせた。

自分の体が他人のもののように制御できない。

しかし、快楽だけはいっそう高まっていく。

「うう……もうだめだ」

三野ははずみをつけて、ペニスを引きぬいた。

（えっ……）

欲望を宙づりにされたまま驚く雪乃の手を引き、

「後ろを向いてくれないか」

急《せ》くように告げた。

「えっ」

「この豊満なヒップを、後ろから責めてみたい」

「わ、わかりました」

雪乃は反射的に体を反転させ、四つん這いになった。

すぐさまワレメに亀頭があてがわれる。

「ン……ッ」

雪乃は四肢を踏んばり、身がまえた。

三野のテクニックを知っただけに、バックから貫かれる期待に心が打ち震える。

三野は、雪乃の尻肉をがっちりつかんで引きよせ、腰を突き入れてきた。

ズブズブ……ジュブブ……ッ!!

「はううっつ」

潤沢な愛蜜を潤滑油に、肉棒はいとも簡単に雪乃の体を割り裂いた。

先ほどとは違う角度でめりこんだペニスは、より深く結合したかに思える。

粘膜が、男根をキュッキュッと締めつけていく。

「あ……係長……いいのっ……アソコが……ああっ」

喜悦を噛みしめていると、三野は軽く腰を揺すり粘膜をなじませてきた。

肉棒が膣口ギリギリまで引き抜かれ、再び渾身の一撃が浴びせられる。

「ヒッ…くううっ」

背筋に甘美な戦慄が走った。

全身の血流が逆流するほどの愉悦に包まれ、自然と尻を振りたててしまう。

その後、本格的なピストンが始まった。

最初こそ尻を摑んで腰を前後させていた三野だったが、そのうち、雪乃の肩口を摑んで腰を使ってきた。

「あぁっ……すごいッ」

密着感が格段に高まった。

奥の奥まで貫かれ、ひと打ちごとに亀頭が膣肉を侵食していく。

いや、一打ごとに体が地響きを起こしたような錯覚に見まわれる。

互いの粘膜が強くめりこみ、一体感が増していく。

目に見えずとも雪乃の白肌は、興奮でまだらに染まっているだろう。

肉棒が抜き差しされるたび、得も言われぬ快美感が雪乃の胎内を走りぬけ、愉悦の痺れが手足の指先まで届いていく。

髪の毛一本一本までもが昂揚に逆立ち、欲情しきっていくようだ。

ズブッ、ジュブッ……パパパンッ！

「ああ……すごい……係長……すごいわっ」

気づけば涙をこぼしながら、そう叫んでいた。

ベッドがきしみ、室内は獣じみた性臭が充満している。

連打のたびに汗が飛び散り、ボブヘアが跳ねた。

それ以上に体に浴びせられる重い衝撃が、雪乃をかつてないほど肉の悦びに溺れさせていく。

「ああっ……はううっ」

雪乃は下唇を思いきり噛みしめた。

声を押し殺しても、布を引き裂くような悲鳴がほとばしる。

体は、もはやコントロールが不能で、ただただ三野の浴びせる男根の猛威に跳ねあがり、みずからも彼の動きに合わせて腰を振っていた。

震える四肢を踏んばり、彼が穿つタイミングで尻を後退させ、ひたすら深い結合を求める。

はしたないとは思わなかった。

これが本来の自分なのだ。

とめどなくあふれる蜜汁は、より抜き差しをなめらかにしていた。

男根に吸いつく膣ヒダがいっそう怒張を締めあげ、Ｇスポットを逆なでする快楽が身に染みる。

「も、もう……限界です」

肩口を摑まれながら、雪乃は差し迫った声で叫んだ。

連打のたび、総身が打ち震え、子宮から脊髄に這いあがる快楽の電流が、脳天を突きぬけていく。

手足はもちろん、結合部の痙攣がとまらない。

「僕も……そろそろだ」

三野が低く唸り、ひときわ痛烈な胴突きを浴びせてきた。

たわむ体をズブズブと貫かれ、雪乃はいっそう愉悦の高みに押しあげられる。

目をつむれば、まぶたの奥で火花が散っている。

今にも体がばらばらに壊れそうな悦楽の境地で、恥も外聞もなくヨガリないた。

「ああっ、イキますっ……もう、許して……こんなに……もう、もう……ッ」

訳もわからぬまま、叫んでいた。

もう絶頂のことしか考えられない。

「はあぁあああぁーーーーッ!!」

「おおぅ、おおおううっ！」

ふたり同時に叫んだ。
女襞がびくびくと男根を締めつけるさなか、三野はペニスを引きぬいた。
ドクン、ドクン、ドピュピュ……ッ!!
肉棒から噴射した熱い白濁液が、雪乃の尻めがけて飛び散った。
丸々とした尻からしたたる男汁の感触に酔いしれながら、雪乃はその場に崩れ落ちた。

第三章　美魔女の欲望

1

（最近、変だぞ……）

社内の給湯室でドリップコーヒーに湯を注ぎながら、三野はここ十日間ほどのできごとを振り返っていた。

（紅子くんのみならず、雪乃くんとも……）

これが「女運があがる」ということだろうか。

いや、そんな単純なものではない。

相手は部下であり、女性ふたりは同僚なのだ。

（特に、紅子くんは、大学の後輩にあたる静男くんの奥さんじゃないか……いくら紅子くんがセックスレスに悩んでいたとしても、あんな不道徳なこと……）

自分をとがめる心に反して、脳裏をよぎるのは彼女たちの痴態だった。

紅子の積極的なフェラチオや騎乗位での乱れぶり、雪乃のクンニリングスの恥じ入る姿と挿入時の喘ぎ声を思い浮かべるだけで、今も下半身がむず痒く勃起してくる。

（う……マズい）

と、そのとき、

「あちちっ！」

注いでいたお湯が、カップからあふれたことに気づかず、股間を直撃した。

慌てて手近にあるおしぼりで股間をぬぐう。

まさしく「あまり調子に乗るな」という天からのメッセージではないか。

ガチャ――

「あ、係長、お疲れさまです」

そこへ雪乃が入ってきた。

「お……お疲れさま」

三野はとっさに雪乃に背を向けた。股間のシミを拭きとりながら、横目で雪乃を見ると、彼女はまるで何事もなかったかのように小型冷蔵庫の前でしゃがみこんだ。ずりあがったスカートからムッチリした太ももがあらわになる。

(うわ……)

思わず釘付けになったが、当の雪乃は平然とウーロン茶のペットボトルを持って立ちあがり、グラスに注いだ。

さらりと揺れるボブヘアに愛嬌のある丸顔。制服の下に隠れた艶めかしいヌードを思い起こすと、一度は萎えかけた股間がふたたび充血してくる。

雪乃はウーロン茶を一気に呑み干すと、三野に向き直った。

「係長!」

「は、はい……?」

「今週、必ず沙由美ママの店に行ってください」

「えっ?」

「私がレクチャーしたことを忘れないうちに、実践してほしいんです」

雪乃は言い終わると、グラスを洗って給湯室をあとにしようと歩きだした。

三野の心配などどこ吹く風、雪乃は、沙由美ママとの恋愛成就に熱心な指導をしてくれたのだ。

「あ、重要なことを言い忘れていました」

ドアノブに手をかけた雪乃が、くるりと踵《きびす》を返す。

「係長がいつもママの店に滞在する時間はどれくらいでしょうか？」

「え、えーっと、そうだな……二時間くらいかな」

「では、次からトークが一番盛りあがったタイミングで、お会計をして帰ってください」

「えっ？　一番盛りあがっているのに？」

「だからこそです！『もっと話したい』という欲求をあえてお預けにするんです。すごく重要なので、忘れないでくださいね」

そうにっこり笑うと、給湯室をあとにした。

（なんだよ……紅子くんも雪乃くんも、あの夜のことなどなかったように、そっけないな。でも……紅子くんは『係長を応援する』と言ってくれたし、雪乃くんもしかりだ。あえて大人の態度をとってくれているのか——僕のために）

確かに、数年ぶりに女性を抱いたことにより、男としての自信がついた。

それだけじゃない。セックス中のあのヨガリぶりを目の当たりにして、オスとしてのプライドも満たされた。

紅子からレクチャーされた「笑顔や姿勢のよさ、アズイフの法則」を意識するだけで、ビジネスマンとしての自覚や自信につながり、人に好印象を与えるメリットも今さらながら理解できた。

雪乃の「下心は見せずに味方になって信頼関係を築く」教えも納得だ。

(よし、今夜あたり沙由美ママの店に行ってみよう)

三野はそう心の中で拳をにぎった。

2

新宿三丁目のビルの一階に店を構える「クラブ沙由美」——。

格子戸をあけるなり、

「三野さん、いらっしゃいませ。いらしてくださって嬉しいわ」

ママの白木《しらき》沙由美が、上品な藤色の着物をまとい、優雅に歩みよってきた。

長いまつ毛に縁どられた涼しげな瞳、高い鼻梁、形のいい唇はほんのり紅がさされている。

結いあげた髪のかんざしを押さえる手は、白く透き通るようだ。

「久しぶりだね……ママ」

沙由美の微笑に心躍らせながら、三野も、姿勢を正しておおらかな笑みを浮かべる。

案内されるまま、ボックス席に腰をおろした。

カウンターと四卓あるボックス席では、チーママやアルバイトの若いホステスたちが接客していた。大きな飾花で目隠しをされているが、一見したところ、店は半分ほど埋まっている感じだ。

黒服が丁重に礼をし、おしぼりとスコッチのボトル、水割りセットをテーブルに置いた。

「水割りでいいかしら?」

三野の隣に座った沙由美が、慣れた手つきでアイスペールに入ったロックアイスをグラスに入れる。

「ああ、ママも一緒に呑もう」

「ありがとうございます。では、ご一緒に」

来店したのは半月ぶりだろうか。

いつもなら、緊張から視線を逸らす三野だが、今日はしっかりとアイコンタクトを取りながらうなずいた。

乾杯すると、

「なんか今日の三野さん、違うわ。いつもより堂々として男っぷりがあがった感じ。なにかあったのかしら？」

水割りを一口呑むなり、沙由美が黒目がちな瞳でじっと見つめてきた。

さすがだ。長年、ママをやっているだけあって、観察眼に長けている。

紅子からアドバイスされた笑顔と姿勢とアイコンタクトを実践したら、ほんの数秒でそれを見抜いた。

しかも、たるんだ腹を引っこめるべく、ひそかに筋トレも始めたのだ。

「いや……特に変わらないけれど……しいてあげれば、沙由美ママとこうして一緒に呑めることが嬉しいかな」

低く、ゆったりと告げる。

低声でゆっくり話すことは、「余裕ある男」「デキる男」を印象付けると、雪乃はわざわざメールしてくれた。

案の定、沙由美は白い歯をこぼしながら、くすりと笑った。

「もう、お上手ね。でも……ジョークでも嬉しいわ」

「ジョークじゃないよ。本当さ。僕はママを応援している。これからも、ずっとママの笑顔を見に店に来るから」

さっそく下心を見せることなく、さりげなく応援団だと宣言する。

「ありがとうございます。とても励みになるわ」

そう瞳を潤ませながら微笑む表情は、まるで春の野に咲く一輪の花だった。

いや、無垢な少女と言ってもいいだろう。

沙由美の尻が少しだけ三野のそばに近づいた。

(おっ、ママのひざが……)

そろえたひざ頭は、三野の脚に密着している。

夜の仕事では当たり前のことでも、そのわずかな触れ合いに喜びと緊張が交錯する。

思わず、腕を伸ばして腰を抱きよせたいと思ったが、それでは下心丸見えだと己を叱責し、「良いお客に徹するんだ」と言い聞かせる。

人は無意識にパーソナルスペースを保っており、半径四十五センチ以内は「恋人ゾーン」と呼ばれる。つまり、そのエリアに入ってくる女性は心を許している証拠だ。

だからと言って、それを鵜呑みにしてはいけない。

水商売の女性は、お客に密着するのもサービスのうちだと積極的に肌を触れ合わせてくるからだ。

沙由美がどこまで三野に心を許しているかは定かではない。

ただ、ひとつ言えるのは、あくまでも三野自身は紳士的にふるまうことに注力しなくてはいけない。雪乃の教え——相手に安心感を与え、信頼関係を結ぶことを念頭に置いた。

しばらく他愛のない世間話をしたのち、沙由美は困ったように、

「そうそう、先日、岐阜からいらしたお客さまと大河ドラマの話題になったのですが、その方は織田信長に心酔していて……私はほとんどついていけず、勉強不足を反省しました。三野さん、確かお詳しかったですよね？　歴代の織田信長役でしたら、どの作品どなたが当たり役だと思います？」

そう訊いてきた。

「そうだなあ、大河ドラマの信長っていうと『太閤記』で高橋幸治が演じた信長

が歴史ファンの間で定評があるね。オンエアは一九六五年だから、ぼくはリアルタイムでは観ていないけど。語り草になっているのは、高橋幸治の信長に人気が集中して、視聴者から『信長を殺さないで』って嘆願書がＮＨＫに山のように届いたんだって。その影響で八月に放送予定だった本能寺の変が十月まで延期されたそうだよ」

「二カ月も？　すごい人気だったんですね」

「そうだね。『太閤記』の中で本能寺の変の回だけ残っていてＤＶＤになっているんだ。僕も観たけど、高橋幸治の信長は、彫の深い顔立ちでクールで、実にカッコいいんだ。よかったらＤＶＤを貸すよ」

「ぜひ拝見したいです。お貸しいただければ嬉しいわ」

沙由美も声をはずませる。

「高橋幸治の他は高橋英樹かな。僕自身がファンということもあるけれど、彼は歴代の俳優の中でも殺陣《たて》がバツグンにうまいんだ」

三野は流れるように、しかし、落ち着きを忘れぬ口調で語った。

「高橋英樹さんは現在、バラエティでもご活躍ですね。三野さんは、本当に歴史にお詳しいんですね」

「まあ、好きだからね。戦国武将の生きざまは小説や映画、ドラマとして面白いし、戦術はビジネスに役立つんだ」

「ビジネスですか、例えばどんなことでしょう」

「信長の話になったから信長で話そうか。よく、信長は天才だとか、先見性があるとか、旧来のものに縛られないって評価されているよね。中世を破壊し、近世の扉を開いたって。でも、僕がすごいと思ったのは斬新な発想力なんだ。物事に囚われない自由奔放な発想。例えば、あるとき、安土《あづち》で相撲を興行したんだけど、あまりに大勢の見物人が押しよせたため、帰るときに大混雑して見物人が将棋倒しになって死者が出たんだ。そこで信長は次回の興行では死者が出ないよう工夫しろと家臣に命じた。いったい、どんなことをしたと思う？」

「う？　ん……帰る順番を決めるとか、道幅を広くするとか……でしょうか」

沙由美は細い首をかしげた。

「うん、僕もそう考えるし、家臣もそう意見を具申した。ところが、信長はそれではだめだと却下したんだ」

「……じゃあ、どうしろと？」

「その日、一番面白い取り組みのあと、つまらない催しをやれ」

「つまらない催し……どういうことでしょう？」

「つまり、一番面白い取り組みを見たから帰ろうという見物人と、せっかくだから最後まで見て帰ろうという見物人が自然と二分《にぶん》すると踏んだんだね。で、その日、優勝した力士が信長から弓をもらって踊ったんだ。これが弓取り式の始まりって言われているよ」

「そのような歴史があったのですね」

「ああ、それに見物人を分けるという考えは、競馬で使われているね。メインレースのあと、最終レースがプログラムされているだろう。ＪＲＡが信長の相撲興行から学んだのかは定かでないけど、原理は同じだよね。メインレースを見て帰る者、メインレースを外し、最終レースに期待する者……競馬はともかく、問題解決に当たって発想を変えることの重要性を物語っていると思うんだ」

「さすが三野さん、博識だわ。お店には競馬好きなお客さまもいらっしゃるし、このようなエピソードを教えてくださり、ありがたいです」

沙由美は、まだまだ聞きたいと訴えるように瞳を輝かせた。

（今だ）

三野はとっさに雪乃の「盛りあがったタイミングで帰ってください」という言

葉を思いだした。

「じゃあ、次回は戦国武将とビジネスや処世術の話もしようか。今日はここで帰るよ」

「えっ……今夜は早いんですね」

会計を促すと、沙由美は名残惜しそうに口をすぼめたが、これも沙由美の心をつかむ手段のひとつだと言い聞かせる。

「じゃあ来週あたり、また来るよ」

店を出て、しばらく新宿の街を歩いていると、

「もしかして、三野さんじゃない？」

背後からハスキーな声に呼び止められた。

振り向くと、派手なプリント柄のワンピースを着た女性が、ウェーブしたロングヘアをなびかせながら立っていた。

3

「あ……あなたは……」

一年ほど前、夫婦で賃貸物件を探しに来た客だ。

洒落た身なりから、ひとめで裕福だと直感したが、予想どおり、夫は大手製薬会社の幹部で、ひと月五十万円ほどの高級物件を探してほしいとのことだった。「美魔女」と形容してもいい華やかな容姿の妻は、フラワーアレンジメントの講師をしている。

たまたま手の空いていた三野が担当になったのだが、妻が自宅でフラワーアレンジメントの教室を開くため、「治安の良さ、低層マンションの最上階、近所に美容室とネイルサロンがあること」を条件にしてきた。

美貌に加え、要望が多かったため、よく覚えている。

「お久しぶりです。たしか……森《もり》さん……自由が丘にお住まいの、森百合子《ゆりこ》さんですよね。その節はありがとうございます」

三野が礼をすると、百合子も大きな目を細め、破顔した。

「あら、覚えてくれたのね。光栄だわ」

そう上機嫌で、三野のそばに歩みよってきた。

どうやら、少しだけ酒が入っているようだ。

（確か……今年で四十歳のはずだな。昨年『三十代ラストのバースデープレゼン

トに、主人が引っ越しを許してくれたの』と言っていたっけ）

再度、目の前の百合子をじっくり見つめるが、とても四十歳には見えない若々しさだ。

アイラインの引かれた大きな瞳、細面《ほそおもて》の輪郭、ピンクのルージュが似合う厚みある唇は、高級マダムの色香が濃く漂っている。

体にフィットしたワンピースから伸びる脚は、十センチはあろうかというハイヒールで、脚線美を強調させていた。

「こちらこそ、あのときは本当にありがとう。三野さんのおかげで、快適に暮らしているわ。自由が丘って、女性が暮らすには最高のエリアね。ヘアサロンやエステも多いし、なにより治安がいいもの。お教室に通ってくれる生徒さんも大喜びよ」

「それはよかったです。フラワーアレンジメントの先生でいらっしゃいますものね。僕も頑張った甲斐がありました」

「ふふ、私が治安の良さにこだわったから、無理させちゃったわよね。あのとき、三野さんが『街の治安レベルの見極めは、コンビニの女性誌の比率を参考にするといい』とアドバイスくれたのは、目からウロコだったわ」

「ああ、そうでしたね」

——当時は、まだ成人誌が堂々とコンビニに置かれている時期だった。

一般的に、コンビニの本棚は五つに分類されている。

女性誌、マンガ誌、週刊誌、ビジネス誌、成人誌だ。

通常は二〇%ずつ置かれているが、女性誌が二〇%を越えていることが街の治安の指標になっている。女性誌を手にとる人が多いということは、夜遅くとも、女性が気軽にコンビニに寄れるほど治安がいいエリアという証拠なのだ。

どこへ行くともなく並んで歩いていると、百合子は、ふっとため息をついた。

「ねえ、このあと、時間あるかしら?」

「えっ……あるには、ありますが……」

腕時計を見ると、午後十時を指していた。

「じゃあ、ちょっと呑まない?」

「えっ」

一瞬、百合子の夫の顔が浮かんだ。

銀縁のメガネが似合う、スタイリッシュな熟年男性だったと思いだす。

三野の戸惑いを察したのか、百合子はふっと笑みを浮かべた。

「主人のことなら心配無用よ。大阪に出張なの。それも部下の愛人を伴った」

「え……ええっ？」

歩を進めながら、三野は言葉をつまらせる。

百合子も歩きつつ、

「さっき快適に暮らしてるって言ったのはウソ。単なる見栄よ。あの人、きっと今ごろ若い部下を抱いているわ。私、寂しいから、ひとりで呑みに出てきたってわけ。なじみの店をハシゴしちゃった。ふふっ」

「えっ、ああ……えっと、僕も二年前に、妻に離婚された身なので……わかります」

つい、バカ正直に余計なことを口走ってしまった。

「じゃあ、お互い寂しい心の隙間を埋めるっていうのは、どう？」

百合子は三野の手を取った。

「もちろん……ここもよ」

あっと思ったときには、ワンピースごしの股間へと導いた。

三野はとっさに手を引いたが、ふっくらした下腹に一瞬だけ触れ、その柔らかさに、股間がビクンと脈打った。

「こ……困ります」

「ふふ……三野さんたら、一年前よりずいぶん男らしくなったわよ。私、ちょっとトキめいちゃった」

「あ、ありがとうございます。でも……森さんけ、大切なお客さまですから……」

三野が丁重に頭をさげると、百合子はまなじりをキッとつりあげた。

「大切だと思うなら、客に恥かかせないでちょうだい！」

ぴしゃりと言われ、三野はぎょっと立ち止まる。

周囲を見わたせば、いつの間にかラブホテル街にいるではないか。

「行きましょう」

ぐっと腕を取られたが「やめてください」と、その手を振りほどいた。

とおりすぎる若いカップルがこちらを見て笑っている。

百合子はほろ酔いのせいか、気が大きくなっているようだ。

夫がまさに愛人とベッドを共にしているかもしれない疑念が、彼女をいっそう孤独にさせているのだろう。

「ねえ、お願い……一緒に来て……今夜だけでいいの。私を助けると思って」

百合子は眉根をよせ、急にしおらしい表情を見せてきた。

「そんな……助けるといっても」

「ここまでお願いしてもダメなの……？　ひとりだと、夫が他の女と抱き合っている姿ばかりを想像しちゃうのよ」

「お気持ちはわかりますが……」

「じゃあ、こうしましょう。私に付き合ってくれたら、セレブな奥さま連中をお客として、三野さんにご紹介するわ」

百合子はどうだと言わんばかりに提案してきた。

「えっ……？」

「私のフラワーアレンジメントの生徒さんて、有閑マダムや女社長も多いの。オフィスやサロンの物件はもちろん、年下のボーイフレンドや不倫相手との密会用に部屋を探すこともあるのよ。それを全部紹介するわ」

「み、密会用？」

「驚くことないわ。リッチな女たちなんて、皆、セカンドパートナーを持っているわよ。話は後日ゆっくりね。さあ来て」

そう言い捨てると、強引にラブホテルの門をくぐった。

百合子はエントランスに表示された空室のパネルを押すと、キーを受け取り、部屋に向かうエレベーターへと進む。

自分の情けなさを痛感しつつも、三野は百合子に促されるまま、あとについていった。

「あら、思ったより広くていい部屋じゃないの」

ドアを開けるなり、百合子は嬉々とした声をあげた。

室内はリゾート風のインテリアだ。

キングサイズのベッドには海を思わせるブルーのベッドカバーがかけられ、アジアンテイストのソファーとテーブル、大画面のテレビモニターやミニ冷蔵庫、大人の玩具の販売機も完備されていた。

天井も高く、大鉢に植えこまれたフェニックスが南の島を思わせる。

「お風呂も素敵よ」

百合子が曇りガラスのドアを開けると、大理石の白い床が広がり、楕円形の大きな浴槽があった。

(今のラブホって洒落た内装なんだな。百合子さんは来なれている感じだし……でも……このまま、ここで彼女と……?)

唐突に、沙由美ママや紅子、雪乃の顔が思い浮かんだ。

自分が好きなのは沙由美ママだ。

そして、応援してくれる紅子や雪乃にも申し訳が立たない。

しかも、百合子は会社の客なのだ。これが表ざたになったら、おおごとになる。

しかし、罪悪感などみじんもないのか、百合子は手早く浴槽に湯を張りはじめる。

三野に歩みよると、

「……今だけはなにもかも忘れさせて。その代わり、誰にも言わないし、紹介の件もちゃんと守るわ」

あごを引きよせ、いきなり唇を重ねてきた。

「……ッ！」

思いがけないキスと、柔らかな唇の感触に、三野は棒立ちになったままだ。

かすかに酒の匂いが香ってくるが、さほど嫌な気はしない。

むしろ、下半身がジンと疼き、熱く漲《みなぎ》ってきた。

「あうっ」

と、いきなり百合子が三野の股間をつかんできた。

「ふふ……もう勃ってる」

ズボンごしに、握り包んだイチモツをムニムニ揉みしだかれると、否応なくペニスがもう一段階、膨らんだ。

「こ、これは……男の条件反射で……」

「理由なんていいの……お風呂、先に入る？　それともあとがいい？」

「え……？」

三野が言葉につまっていると、

「じゃあ、先に入って」

そう言ったまま、バスルームからリビングへと踵を返す。

あまりの急展開に、ムードもなにもあったものではないが、股間だけは急角度で勃起している。

(これも人助けのうちなんだ)

心でそう言い訳し、スーツや下着を脱いで洗面台の端に置いた。

目の前の鏡には、相変わらずふくよかな姿が映るが、ひそかに始めた筋トレのおかげで、以前よりも腹はへこみ、胸板も厚くなっている。

バスルームに入りシャワーの取っ手をひねる。

熱めの湯で汗を流し、ボディソープを泡立てる。

股間は特に念入りに洗った。

湯の張った浴槽に肩まで浸かると「はあ……」と、吐息がこぼれた。

ずっと気を張っていたせいか、心身の疲れがどっと出てきた。

しかも、これから百合子を抱くのだと思うと、期待と緊張が胸奥に広がっていく。

（ちゃんと百合子さんをイカせられるだろうか）

立てつづけにふたりの部下とセックスしたものの、百合子はいかにも慣れている感じだし、夫の顔も知っている。複雑な思いがこみあげてくる。

しかし、意に反してペニスはギンギンにそそり立っていた。

（大丈夫だ。きっとうまくいく。そして、仕事でも断トツの売り上げを残すんだ）

緊張こそ解けないが、ペニスはむしろ芯を硬くしてきた。

と、そのときだった。

「ふふ、来ちゃった」

バスルームのドアを開け、百合子が入ってきたのだ。

（うわっ！）

しかも、一糸まとわぬ裸である。

長い髪をアップにし、細い首、華奢な肩からつづく豊かな乳房は圧巻だった。おそらくEカップくらいだろうか。釣鐘型の双乳はエロティックで、ピンクの乳輪とやや大きめの乳首はいかにも吸い心地がよさそうだ。

細いウエストから左右に張りだした腰は女性らしい曲線を描き、陰毛は意外に濃い。

ひざ下がほっそりしているのに対し、太ももはムッチリと適度な脂肪がのり、弾力とハリを感じさせる。

(き、きれいだ……)

あまりの美しさに、言葉が出なかった。

百合子はふっと微笑むと、三野の視線をたっぷり意識したように、シャワーを浴び始めた。

シャボンを泡立て、手で体中を洗っている。

「見ないで。恥ずかしいわ」

そう優しくとがめられると、

「あ、すみません」

無意識に追っていた目を逸らした。

しかし、色白の肌は視界からは完全に消えず、興奮でペニスはフル勃起状態だ。

「私も入るわね」

浴槽の縁に手を添え、百合子の細い脚が湯の中にそろそろと入ってきた。

全身を沈めると、互いの脚が当たる。

湯の中でも釣鐘状の乳房が見え隠れし、白い肌が徐々にピンクに染まっていくさまが艶めかしい。

百合子は慣れた手つきで、浴槽のスイッチを押す。

ジュボボ、ジュボボ——

ジャグジーの気泡が下から噴きだしてきた。

そればかりではない。

バスルームの照明が落ち、気泡とともに湯の中に赤、黄色、紫、青のライトが点灯した。

浴室は一気に極彩色の花が咲いたように彩られた。

「ここ、レインボーバスなんですって」

「き、きれいですね。ラブホなんて数年ぶりですよ」

またしても余計な発言に失敗したと思いつつ、三野は百合子を抱きしめようと、両手を伸ばした。

「ダメ、まずは私からよ」

それを制止し、三野の尻の下に両手を入れてきたではないか。

「うわっ」

尻が持ちあげられ、水面から赤銅色の勃起が顔をのぞかせる。

肉厚の亀頭は興奮に傘をひろげ、胴部には血管をうねらせ、見るからに禍々《まがまが》しい。

「あら、こんなに興奮してくれて嬉しいわ」

百合子は妖艶にほほ笑むなり、にょきっと伸びた肉棒に顔をよせる。

(え、まさか……)

そのまさかだった。

ピンクのルージュに彩られた唇を広げ、亀頭を咥えこんだのだ。

ジュルル……ッ！

「あうぅ……くうう」

すぐさま舌が絡みつく。

あまりの気持ちよさに、三野は体をのけぞらせた。

（潜望鏡だ……いきなり、潜望鏡を……あううっ）

眉間にしわを刻みながらも、三野の目は百合子に注がれた。

真正面からフェラ顔を見つめていると、百合子はチロチロと舌で亀頭やカリのくびれを舐めまわし、ふたたび根元まで深々と咥えこむ。

美人なだけに、間延びした表情がなまめかしい。

ライトに照らされた唇が卑猥に蠢くさまは、ひどくエロティックだ。

百合子は折り曲げたひざで三野の尻を支え、手を使いだした。

包皮を剝きおろして、ペニス胴部をピンと張らせると、裏スジをジグザグにねぶりあげる。

亀頭のくびれをぐるりと一周させたのち、鈴口に舌を差し入れた。

「ぁああっ……あうう……たまりませんっ」

その声に気をよくしたのか、怒張を斜めに咥えこみ、自らの頰をポッコリ膨らませた。

亀頭の形に膨らむ歪んだ美貌を眺めていると、百合子は逆側の頰も同じように頰張り、まるで、ヒマワリの種をめいっぱい詰めこんだリスの頰袋のように膨らませる。

「……百合子さん……すごくセクシーです」

あまりの眼福に、三野は手を伸ばして膨らんだ頬を撫でまわす。

自分の亀頭をしっかり咥えられている快感を噛みしめつつ、その後も、百合子の卓越したフェラチオに酔いしれた。

百合子は包皮を剝きおろしながら、怒張をズリュッと吸いあげ、剝きあげる際は咥えこむ。

その間も、舌をうねうねと蠢かせ、絡みつかせることを休まない。

舌と頬の粘膜での圧迫も、緩急をつけているのがわかる。

キュッと肉棒に密着させて吸引をしたかと思うと、次の瞬間、唾液をたっぷりためた口内で軽い刺激を与えてくる。

手首のスナップを効かせて、にぎる強さに強弱をつけながら、三野のもっとも感じる力加減を探るかのように、手しごきを続けていた。

「ああ……百合子さん……くうっ、すごいです」

舌と手指を駆使した丹念なフェラチオで、三野は瞬く間に射精感に襲われた。

ここで暴発してはダメだと、必死でこらえていると、百合子はもう一方の手で、でろりと揺れるタマ袋をあやし始めた。

「あうう……」

ペニスを吸い立てられながら、陰嚢が優しく揉みしだかれる。

やがて、指が蟻の門渡りをなぞってきた。

しかも、後ろの孔のすぼまりまでをも、軽くくじりだした。

「そ……そこは……」

先ほどアヌスはきれいに洗ったものの、刺激されると、凄まじい快楽が背中を這いあがってくる。

三野はいくども奥歯を噛みしめて、射精の兆しをこらえた。

そんな三野をあざ笑うように、百合子は首を打ちふり、スライドのピッチをあげる。

ジュボッ、ジュボッ、ジュボボ……ッ!

唾音とジャグジーの音が重なった。

赤、黄色、ピンク、紫と次々に変化するレインボーカラーが、淫靡さに拍車をかける。

(百合子さん……潜望鏡のうえ、アヌスの刺激だなんて、かなり肉食で経験豊富

なのかな……ああ、マズいぞ）

是が非でも暴発は避けたいと、三野は腰を引いた。

「ゆ、百合子さん……そろそろ出ましょう……」

このまま、百合子のペースにハマってはいけない。

あくまでも自分がリードし、百合子を存分に満足させるのだ。

「そうね、ベッドに行きましょうか」

三野の提案に、百合子は勃起を吐きだし、陶酔しきった顔をあげた。

4

「百合子さん……」

ベッドに行くと、百合子を優しく抱きしめながら、仰向けにさせた。

室内は照明が落とされ、波の音のＢＧＭがかかっている。

三野がシャワーを浴びている間に、百合子が整えてくれたのだ。

釣鐘型の乳房は、四十路の百合子らしくまったりと熟し、紅子や雪乃とは違う柔らかさに満ちていた。

やや大きめの乳輪にピンと尖った乳首がいやらしい。

三野は百合子の首筋から胸元に唇をすべらせ、両手で寄せあげた乳房を揉みしめた。

「ン……いいわ……」

百合子の胸元がぐっとせりあがる。

物欲しそうに尖る乳首を口に含むと、

「あっ、ああっ……」

ビクッと双肩を震わせる。

口内の乳首はまたたくまに硬さを増していった。

「柔らかくて、感じやすいオッパイですね」

言いながら、乳輪を丸くなぞり、乳首の側面を舌でピンとはじいた。

「うっ」

三野は体重をかけぬよう、乳房を愛撫しながら、徐々に百合子の太ももの間にひざを割り入れていった。

ハリのある太ももをひざで圧していくと、やがて逆立つ陰毛が触れ、クチュ……という音とともに、女粘膜に密着した。

すかさず、ひざをワレメに押しつけると、

「ン……そこ……もっと」

百合子は夢み心地の表情で股間をせりあげてくる。

熱く濡れた粘膜が、ひざがしらに吸いついた。

左右の乳房を交互に舐めしゃぶりながら、ひざで軽く女陰を圧し、愛液をまぶすように揺らしていく。

「ンン……いいわ。次は……口でして……」

もう待てないらしい。百合子はクンニリングスをねだってきた。

「わかりました」

三野は、百合子の両脚の間に這いつくばると、太ももを左右に広げた。

「あ……ン……」

百合子は物憂げな吐息をつき、両手で花園を隠したが、それがポーズであることは明白だ。

ネイルが彩る指の間から顔を覗かせる緋色の肉層が、ヒクヒクと蠢いている。

甘酸っぱい匂いが濃く香る中、三野は、百合子の指の間から舌を差し入れた。

クチュリ……ネロネロ……ッ

百合子の尻がはねあがった。

「ああっ」

「手をどけてください」

三野の言葉に、百合子は素直に従った。

それだけではない。充血する肉ビラを吸い、膨らんだクリ豆を転がすと、百合子は三野の後頭部を掻き抱き、女陰を押しつけてきたのだ。

「ううっ……百合子さん……ッ」

一瞬、息がつまりそうになったが、粘膜の隙間から新鮮な空気を吸い、ふたたびクンニリングスを浴びせていく。口に含んだ肉ビラを口内でよじり合わせると、百合子はくぐもった喘ぎを漏らし、腰をがくがくと震わせる。

「ああ……いいわ……夫が他の女を抱いてると思うと、私も思いっきり乱れたいの」

そう叫び、舌を求めるように、なおも女陰を押しつけてきた。

彼女の胸中は、現実からの逃避と、夫へのリベンジもあるのだろう。

たとえ愛のないセックスと理解していても、男に抱かれているだけで、一時《いっとき》の孤独はまぎらわせられる。

（よし、見てろよ）

紅子と雪乃——ふたりとのセックスとアドバイスが、三野に自信を与えていた。

しかし、思いはそれだけにとどまらない。

悲しみに暮れる百合子の心の隙間を満たしてやりたくなる。

三野は、本格的にクンニリングスを開始した。

両手で花弁を広げると、真っ赤な媚肉がうねり、合わせ目の上では包皮が剝けきったクリ豆が、大粒の真珠さながらに艶めいている。

クリ豆に吸いつきながら、三野は唾液で濡らした右手の中指と薬指を膣口から慎重に差し入れた。

「あ……ああ」

愛液でヌプリと入った膣内《なか》は予想以上に熱かった。

柔らかな女粘膜が指に絡みつき、吸着を強めていく。

ジュチュッ……ジュチュ……ッ
最初こそゆっくり抜き差しをしていたが、徐々に速度をあげていくと女肉が収縮し、指をキュッ、キュッと締めつけてくる。

「おお、締まってきましたよ。指がちぎれそうだ」

「私も感じる……ああ、三野さんの長い指が、奥まで届いてる」

百合子はもっと欲しいと言いたげに腰を震わせた。

おびただしい愛液が吹きだし、シーツを濡らしていく。

Gスポットをこすりあげる際、指先ではなく指腹で刺激し、時おり鉤《かぎ》状に折り曲げた指で、ざらつくGスポットを必死に刺激する——これは若いころ、AVで覚えたテクニックだ。

別れた妻もこの技でヨガっていたのを思いだす。

しかし、いつしかセックスレスとなり、妻以外の女性と肌を合わせることもなく、数年が過ぎた。

それを紅子と雪乃とのセックスがきっかけで、勘を取りもどしたのだ。

「ンンッ……いいわ」

室内は甘酸っぱい性臭が漂い、花弁は血を吸ったヒルのごとく膨らんでいる。

挿入時、ペニスにまとわりつく心地よさを想像させた。

百合子は三野が抜き差しするタイミングを見計らい、器用に腰を振ってきた。

ジュブ……ッ、ジュブブ……ッ！

「ああ、上手……すごくいいわ……ねえ、もう入れてッ」

「わ、わかりました」

三野は素早く手を引きぬいた。

百合子は起きあがると、

「私が上になるわ」

仰臥させた三野に、またがってきた。

「女は下から見るのが一番よ」

蠱惑的にほほ笑み、にぎったペニスをワレメにこすりつける。

揺れる乳房と、男に貫かれる寸前の煽情的な表情を見せつけながら、ゆっくりと腰を沈めてきた。

ズブ……ズブッ……ズブブ……ッ！

「ああーーっ、はあぁああっ」

「おおうっ」

いくどか膣壁に引っかかりながら、三野の分身は百合子の胎内を割り裂いた。

「はあ……おへそまで届いている感じ……フェラのときも思ったんだけど、三野さんのオチ×チン、カリが張って最高よ」

そう興奮ぎみに告げながら、腰を揺すり、肉をなじませている。

根元まで深く呑みこむと、三野の腹に手をそえ、ひざ立ちで腰を前後させた。ベッドがきしむ音とともに、肉ずれの音が響きわたる。

「ああ……気持ちいいわ……不思議なものね。他の男とエッチしただけで、夫に寛容になれる気がするんだもの」

三野は黙っていたが、百合子は陶酔しきったように腰を前後に振りたて、あげく、みずから乳房を揉みこね始める。

「ン……いやらしい……私、すごくいやらしいわ」

反らした首に筋が浮きたった。

腰を振りながら乳房を揉みしだき、乳首をひねりつぶしている。

「百合子さん……とてもセクシーで美しいですよ。僕のモノを食らいこんで、こんなに悶えてくれるなんて……」

三野は褒めながらも、言葉でなぶって、百合子の欲情を掻きたてる。

百合子が尻を落とすチャンスをねらって、腰を突きあげた。

「はあ……あああぁあっ、いいわ……ッ、もっと突いて、突きまくってぇー！」

全身を紅潮させる百合子の叫びに、三野も必死に突きあげる。

したたかに子宮を穿ち、くびれたカリで女襞を逆なでした。

律動のたび、掻きだされた愛液がシーツにシミを作り、まるで失禁したようだ。

百合子は、あふれる愛液とともに汗を飛び散らせ、いつしかほどけた髪を振り乱していた。

「ああ……好きに動かさせてもらうわよ」

次の瞬間、百合子は三野の左ももに右手を突き、ペニスを支点としてゆっくり右方向に回り始めた。

グチュ……ッ！

「おおっ」

ペニスに負荷がかかり、思わず三野は唸った。

百合子は右脚、左脚の順番で移動させ、徐々に体を右方向にずらしていく。

しまいには、完全に後ろ向きとなった。

背面騎乗位である。

「ねえ、つながっている部分、見えるかしら？」

次いで、三野のふくらはぎをつかんで前のめりになると、ゆっくりと腰を上下させる。

目前には、充血した花びらのあわいからぬめる怒張が、顔を覗かせては消えていくさまが、鮮明に見えていた。

「ああ、しっかり見えますよ。百合子さんのいやらしいオマ×コに僕のモノが出たり入ったりしている。可愛いアヌスまで丸見えです」

三野自身、背面騎乗位をされたのは初めてだった。

「ああ……恥ずかしいこと言わないで……」

「でも、ますます濡れてきて……ああ……真っ赤なビラビラが最高にエロティックだ」

「んんッ……いじわるね……でも、三野さんの前ではこうして奔放になれるから、幸せよ」

けなげに言いながら、百合子は三野の爪先をつかんだ。

ぐっと引きよせられたかと思うと、親指が生温かなぬめりに包まれた。

「おお……百合子さん……ああっ」

親指が口に含まれたのだとわかった。

背面騎乗位が初めてなら、足の指を舐められるのも初めてである。

百合子は下の口ではペニスを食らいこんだまま、親指から順番に人差し指、中指……と小指までねぶり回した。

指の間のみずかきの部分も忘れることなく、しっかりと舌を這わせてくる。

ニチャッ……ニチャッ……

「うぅ……気持ちいいです。足の指を舐められるのが……これほど気持ちいいなんて……」

三野も思わず、百合子の伸ばした足先を舐めようと細い足首をつかんだが、それは叶わなかった。

「ねえ、次はあっちで……」

百合子は声を震わせて、結合を解いた。

「今度は後ろから、突いてほしいの」

広い洗面台に手をつくと、百合子は背後に立つ三野を、大きな鏡ごしに見つめてきた。

目の周りを興奮に赤らめ、口端には唾液が光っている。

肌はバラ色に染まり、動くたびに釣鐘型の乳房が揺れて、どの角度から見ても煽情的だ。

「わかりました。行きますよ」

三野は、百合子の腰をつかんで亀頭をねじこむと、
ジュブブ……ッ！

「ひっ、ああぁっ」

のけ反った百合子の恥肉に、怒張を叩きこんだ。

「おお、根元までズッポリ入ってますよ」

男根で貫きながら、百合子の耳元で囁いた。

甘い体臭がムッと濃く香る。

先ほどとは違う角度のせいで、新鮮な刺激と弾力も感じられた。

まったり絡みつくヒダが、うねうねと蠢く。

「ああ……さっきとは違うところに……奥まで入ってるわ」

百合子は串刺された尻をくねらせた。

いやらしく食いしめる膣のせいで、結合感がいっそう増していく。

「ああ、百合子さんのここ、だんだんキツくなってきました。……ううっ」

鏡には、恍惚の表情でさらなる一撃を待ちわびる百合子が映しだされていた。

乳首が痛々しいほど尖り、真っ赤に染まっている。

三野は手を尻から胸元に異動させ、乳房をわし摑んだ。

「んんっ」

百合子が身をよじる。

すかさず、腰を送りこんだ。

ズブリと愛液まみれの膣路を貫き、徐々に抽送のテンポをあげていく。

ズブッ、ズブブッ、ズブブ……ッ!!

収縮した膣肉が四方八方からペニスを締めあげ、うねる粘膜が、ざわめきとともに吸いついた。

「あう……すごいわッ」

百合子も負けじと尻を振りたててきた。

突き入れた男根が、まとわりつく女襞でいっそう強く締めあげられる。

三野はわきあがる射精感からのがれるように、懸命に揺れおどる乳房をもみくちゃにした。

ふくらみに手指を食いこませ、くびり出た乳頭をひねりつぶす。

一打、一打、角度を見極めながら、胴突きも浴びせ続けた。

ひざのバネを使って、角度と速度を微妙に変えると、

「ひいっ……もう……もう許してっ」

百合子は肌をまだらに染めて、懇願の悲鳴をあげる。

「まだまだですよ。鏡から目を逸らさず、僕のモノを受け入れるご自身を見ていてください」

三野はわざと乳房を捏ねまわし、乳肉がひしゃげるさまをしかと見せつける。

「もう……いじわるね。でも、嫌じゃないわ……ああっ、感じるのッ！」

自ら腰を背後に突きだし、胴突きをねだってきた。

「うおぉお」

三野が動かずとも、百合子が腰を振りたてるせいで、ペニスの出し入れが容易になる。

しかも、一打ごとにペニスに愛液がまぶされ、白い本気汁でコーティングしているではないか。

「ああ、いやらしい匂いがいっそう香ってきましたよ」

これ見よがしに三野が鼻を鳴らすと、

「あんっ、いやよ……、嗅がないで」

そう言いつつも、しかと洗面台に手をついたまま足を踏んばり、腰を前後に揺すって肉棒をしゃぶりつくす。回を重ねるたび、膣奥へと引きずりこむような激しい収れんを繰り返してきた。

「ああーーっ、はあぁあああーーーっ」

ペニスで貫かれながら、百合子は鏡の中の自分を見つめ、ますます頬を上気させる。

乳房が踊り、髪が散り跳ねた。

飛び散る汗が性臭とまじりあい、獣じみた匂いをまき散らしている。

「ああ……もう、もうダメ……ッ」

百合子が絶頂をほのめかせた。

ヨガるほどに、百合子の胎内は緊縮し、あふれる蜜が内ももをしたたっていた。

「ねえ、キスして……キスしながらイキたいの」

ふいに、百合子は振り向いた。

互いの視線が生々しく絡みつく。

「わ、わかりました」

乳房をつかんでいた三野の片手が、百合子の頬を引きよせた。

唾液で光る唇に、口を押し当てる。

「ンン……はううっ」

互いの唇が吸いつき、百合子は甘く喘いだ。

接吻を機に、三野の興奮のボルテージが一気にあがっていく。

唇を押しつけたまま、三野は腰をしゃくりあげ、上下の結合を絡めあう。吐息とともに、唾液が行きかい、舌がもつれあった。

やがてキスを解くと、フィニッシュに向けて、再び腰を乱打した。

パンパンッ、パパパンッ！

「ああ、欲しいッ、もっと欲しいのーーーっ！」

その言葉に応じるべく、三野は肉の鉄槌を叩きこんだ。

怒濤の乱打を見舞い続けていると、強烈な射精欲求が尿管を這いあがってくる。

「百合子さん……もうすぐです」

「ンンッ……三野さんと一緒に……ああっ、一緒に……ッ！」

三野が限界まで差し迫ったと思った刹那、

「ああ、イクわ、イクーーーッ！」

百合子は鏡に映る自分の痴態を見つめながら、大きく身をのけぞらせた。

洗面台にしかと爪を立て、がくがくと体を痙攣させる。

「ぼ、僕も……イキますよ」

「膣内《なか》に出して！　今日は大丈夫だからッ」

三野がクライマックスの連打を開始する。

派手な音を響かせながら突きあげ、凶暴なほど穿ちまくった。

百合子は貫かれるまま、人形さながらに身を跳ねあげ、半開きになった口から歓喜の叫びを発しつづける。

見開いたまぶたの奥に閃光が走った直後、
ドクン、ドクン、ドクドクドク——！

三野は白濁の汁を、百合子の膣奥めがけて、ほとばしらせていた。

第四章　ハニートラップ

1

「いやあ、三野さん、よくやったよ！　売り上げトップじゃないか！」

社内に池部課長の声が響きわたった。

（ん、三野さん？）

その声に、デスクでパソコン作業をしていた二十三歳の横川美波は、キーボードの手を止めて顔をあげる。

視線を池部のほうに向けようと思ったとき、デスクに置いたスタンドミラーに目を留めた。

鏡には、セミロングヘアに包まれた丸メガネ姿の美波が映しだされている。サイドの髪を部分的にうっすら栗色に染めているのは、大好きな極道系Vシネマのヒロインをマネたものだ。

メガネを外すと、楚々とした和風美人と言われることが多いが、自分では「小悪魔系美女」でも十分イケると自負している。

池部を見れば、デスク前に呼び出された三野係長が、恐縮したように、いくども頭をさげていた。

「いえいえ、池部課長……たまたま運がよかったんです。以前、担当したお客さまが、ご新規さんを紹介くださって……」

「運も実力のうちだよ。胸を張っていいさ！」

社内の壁には、営業売り上げを表す棒グラフがあり、三野が圧倒的に抜きんでていた。

それを眺めつつ、池部は上機嫌で相好を崩す。

「僕はねえ、三野さんなら頑張ってくれると思ってたんだ。だからこそ、日々、叱咤激励していたんだよ。でも、その甲斐あって、売り上げは断トツでトップになったじゃないか。これからも期待してるよ」

池部は過去の公開処刑などなかったように、手のひら返しで三野を賞賛する。

しかも、以前「三野くん」だった呼び名は「三野さん」である。

――ここ半月の間、三野を指名するセレブな女性客が増え、売り上げは急上昇。

しかも、高級物件ばかりである。

上司である池部は、もろ手を挙げて万々歳と言うわけだ。

しかし、池部の対応には、社員のだれもが冷ややかな目を向けていた。

美波も同じである。

(あ～あ、『手のひら返し』って言葉、池部のためにあるようなものね。今までさんざん三野係長をイジメてたくせに、気分悪い!)

気晴らしにお茶でも飲もうと席を立った。

Gカップの乳房を誇示するように胸を張って、給湯室のドアを開けると、

「あら、美波さん、お疲れさま」

先輩の紅子が振り返った。

いつものように、雪乃との井戸端会議である。

三十四歳の紅子は、ロングヘアを一つに束ね、あいかわらず抜群のプロポーションを見せつけるようにボディにフィットした制服姿。

二十八歳の雪乃は、メイドカフェ時代を思わせるクリッとした瞳にボブヘア、ふっくら体型で「キュートな妹系」のフェロモンを出している。

「お疲れさまです。池部の手のひら返しの対応を見てたらイラついて、お茶しに来ちゃいました」

美波が呆れたように言うと、紅子も眉をひそめた。

「そうよね、今、雪乃さんとも話してたのよ。三野係長ご指名のお客さまが急に増えたもんだから、池部ったら、これみよがしにゴマすっちゃって。やだやだ」

紅子に同意するように、雪乃もふくれっ面をする。

「ほんと、いかにも『売り上げアップは、俺の愛のムチのお陰だ』と言わんばかりですよね。私たちだって、係長にしっかりレクチャーしましたし、なによりも三野係長自身の努力の結果だわ」

「そうそう、それよりも見て。三野係長ったら義理堅いのよ。『紅子くんと雪乃くんのアドバイスのおかげだよ』って、これをくださったの」

紅子が棚へと手を伸ばし、三十センチ四方ほどの箱を取りだした。

「まあ、なんでしょうか？」

雪乃が興味津々の目をした。

キッチン台に置いた箱の包みを紅子が丁重に解くと、現れたのは、有名老舗和菓子店「虎の屋」の一口羊羹《ひとくちようかん》だ。

「これ、季節の限定品、桜味ですよ。一日二十箱限定だから、並ばないと買えないはず」

美波の言葉に、ふたりは目をみはる。

「まあ、そんな貴重なものだったの？　せっかくだから、今いただきましょうか？」

「あ、紅子先輩、私がお茶を淹《い》れます」

美波が急須に玉露の茶葉を入れ、ポットから湯を注ぐ。

手早く湯呑みに濃い目のお茶を作り、茶とともに桜味の羊羹を食べる。

「美味しい。控えめな甘みが上品ね。さすが『虎の屋』だわ」

紅子が感激したように味わい、二つ目の羊羹に手を伸ばすと、雪乃も、

「私、甘いものに目がないんですー。甘さと塩気のバランスが絶妙で美味しい」

嬉しそうに頬を緩めた。

美波も、先輩ふたりの恩恵にあずかり、遠慮することなく羊羹をぱくつく。

もともと兄姉が四人いる五人きょうだいの末っ子のため、食事やおやつの時間

は争奪戦だった。そのせいで「遠慮は損」という教訓が幼いころから備わっているのだ。

兄や姉たちが、両親に叱られたり褒められたりしているのをよく観察していたため、人には『ちゃっかり者』と言われることも多い。

そんな大家族のまとめ役が、若いころはやや「やんちゃ」だったという父だ。バイク好きが高じて、今は八王子の実家でオートバイの修理や整備の専門店を経営しており、兄たちも手伝っている。

美波が極道系Vシネマ好きなのは、そんな背景があるからかもしれない。

先輩たちの美味しいおこぼれを堪能しつつ、美波の気持ちは、とある気がかりなことに向いていた。

(今、あの件を言うべきかしら……)

美波は、ほくほく顔で羊羹を味わっている紅子と雪乃に目を向けた。

(先日の報告では、紅子先輩は学生時代に専攻していた心理学を取りいれた笑顔や姿勢の良さ、アイコンタクトの重要性を伝え、雪乃先輩はメイドカフェ時代に培ったお客さまとの信頼関係の大切さ、盛りあがったときこそ、さっと切りあげて次回につなげることを伝授したのよね)

それがきっかけで、三野係長は自分自身を変えようとしているのが明白だった。紅子と雪乃たちの効果を目の当たりにし、美波も「私もなにかしなくちゃ」とみずから行動を起こした。

美波はひそかに、三野係長の思い人である沙由美ママの背後を探っていたのだ。というのも、大好きな極道Vシネマの多くには、水商売の女性が絡んでくるが、その背後には、必ずパトロンやヒモめいた男の存在がある。

三野係長には悪いが、恋愛は努力したからといって報われるとは限らない。ましてや、沙由美ママほどのいい女に男の存在がないなど、ほぼあり得ないと感じたのだ。

水商売の女性は、客をリピートさせるため、男の存在を訊かれても「恋人募集中です」とか「今は仕事に精いっぱいで、とても恋愛をする余裕がなくて」などと上手にかわす場合が多い。

美波は、改まったように紅子と雪乃を見つめた。

「実は、沙由美ママの件で、おふたりに大事が話があるんですが……」

「あら、なに？」

紅子はのんきに三つ目の羊羹を頬張った。

「実は私、仕事のあと沙由美ママの店の周囲を探っていたんです。いわゆる、張り込み」

美波が言うと、「張り込み？」と二人は目を丸くした。

「私にも何かできないかと思って……店の対面《といめん》にあるガラス張りのバーで。で、まずは、ママの自宅マンションを知ろうと尾行しました。刑事ドラマさながらに、タクシーで『前のタクシーを追ってください』と追跡してもらって、着いた先は広尾でした」

「広尾のマンションか……さすがママだけあって、いいところに住んでるのね」

紅子が皮肉交じりに言い、茶をすする。

「いえ、それが有名なタワーマンションではなく、ごくごく普通のマンションです。会社で調べたら、家賃十五万円の２ＤＫでした。築年数も三十年以上」

「あら、ママにしてはずいぶん質素な暮らし」

雪乃は大きな目をしばたたかせた。

「はい、かなり切りつめた暮らしのようです。休日には広尾の商店街でも何度か見かけましたが、男の存在はありませんでした……と、言いたいところなんですが、先週、店の前で、ママとガタイのいいコワモテ系の男が揉めているのを目にしちゃったんです」

「コワモテ……ヤクザかしら？」

雪乃が身をすくめる。

「いえ……それが、どうやらママの別れた夫のようで」

「えっ、元ダンナ？」

「美波さん、詳しく聞かせて」

紅子と雪乃が詰めよってきた。

「はい、こっそり電柱の陰に隠れて会話を聞いていたんですが……どうやら元夫は、事業をしているようですね」

「実業家ってこと？」

紅子の問いに、美波はうなずいた。

「ただ……聞いていると、どう考えてもブラック系なんですよ。会話の内容には『ダミー会社』とか『沙由美の名前だけ貸してほしい』とか『〇〇銀行に、沙由美名義の口座を開設してくれないか？』とか……まさに、私が大好きなVシネマの世界で……。やだ、話しているうちに、ゾクゾクしてきちゃった」

美波が興奮ぎみに言うと、ふたりは怪訝そうに眉をひそめる。

「なにのんきなこと言ってるのよ。すぐに三野係長に教えてあげなくちゃ」

紅子がぴしゃりと言う。

「待ってください。三野係長に伝える前に、私に再確認させてほしいんです。ちょっといいアイディアがあって」

声高に告げた美波に、ふたりは「どういうこと?」と訝しげな目を向けてきた。

「Vシネマって、こういう場面で、けっこうハニートラップを仕掛けるんですよ」

「ハニートラップ?」

雪乃が小首をかしげる。

「はい。詳しくはまだナイショですが、私自身がハニートラップしちゃおうかなあって……実は、沙由美ママの元ダンナ、コワモテ好きな私には、かなり好みのタイプで……いわゆる一目惚れ」

頬を緩める美波に、雪乃は合点がいったように、

「もしかして、色じかけってこと?」

「……だから、それはまだ秘密です。まずは私にお任せを!」

美波はそう宣言し、胸元をドンと拳で叩いた。

2

後日、美波は沙由美の店へと向かった。

沙由美と元夫の会話の際、「次の金曜、開店前にまた来る」という彼の言葉を耳にしたからだ。

ここで待ち伏せをすれば、おそらく会えるだろう。

「それにしても、我ながらいいセンいってるわね」

美波は雑居ビルのガラスに映る自分を眺め、独りごちた。

普段はセミロングヘアのメガネっ娘だが、今日はロングヘアのウィッグに、コンタクトレンズ。

Gカップの胸の谷間もあらわなパープルのドレッシーなワンピースにナマ足、ハイヒールというファッションだ。

華やかなメイクと大ぶりのピアスは、いかにも「夜の女」を匂わせている。

(変装してハニートラップだなんて、ワクワクしちゃう)

気分はすでにVシネマに登場するヒロインだ。

先週見たDVDでは、女スパイが太もものガーターベルトに装着したピストルを取り出すシーンがあまりにもかっこよく、何度も早戻しして見入ってしまった。

そして、拉致されたアジトで素っ裸にされて、機密情報を訊かれる。

男たちのごつい手が、次々に女スパイの乳房をもてあそび、秘部をまさぐるシーンが繰り広げられ、美波の手もいつしか自分の女唇を慰めていた。

レイプのシーンでは、ヒロインとともに犯されている気分になり、あっけなく昇天してしまった。

あの壮絶な拷問やレイプシーンを思い返すと、いまだに体がじんわりと火照ってしまう。

(あん……これからハニートラップするのに……)

パンティの奥が熱く潤んだ。

今日のランジェリーは服に合わせた淡いパープルだ。

繊細なレース生地に女蜜が染みないか心配になり、思わず尻をもじつかせた。

(あっ、来た!)

そこに——

美波はよじり合わせていた太ももを、とっさに戻す。

オープン前の「クラブ沙由美」の入り口で、人待ち顔をよそおって立っていると、黒い開襟シャツにズボン姿の男性がこちらに歩いてきた。

(間違いない、あの男だわ)

オールバックに髪を撫でつけ、いかつい体を揺すって歩く姿は、いかにもVシネに登場するダークヒーローである。

肩で風を切るように歩いてきた男は、美波の前で止まった。

視線が合うなり、男は鋭い目を光らせ、上から下まで舐めるような視線を這わせてくる。

「姉ちゃん、ここでなにやってんだよ」

すぐさま声がかけられた。

(やった、第一関門クリア!)

心でガッツポーズをとりながら、美波は彼をじっと見上げ、

「あらあ、私好みのいい男ね。実は、なじみのスカウトマンを通じて、『クラブ沙由美で働かないか?』って誘われているの。業界じゃ、引きぬきはご法度だけど……条件しだいで、私も今の店を辞めようと思って……」

ロングヘアをかきあげながら、謎めいた微笑を向ける。

「へえ、今はどこの店なんだ？」

「歌舞伎町の『スキャンダル』よ」

「『スキャンダル』と言えば、この不景気でもかなり客入りがいいと聞いてるぞ」

「まあね、大箱だから常時キャスト八十名はいるかしら。でも、金と欲にまみれた世界でしょう？　毎月トップ5に入るのは厳しくて……」

「トップ5？」

「ふふっ、私を指名してくれる太客《ふときやく》さんのおかげよ。ただ……」

美波は一転、不安そうな表情を作った。

「なにかあるのか？」

「お兄さん、私のタイプだから教えちゃうわね……表向きは利益を出してるけど、オーナーが帳簿をごまかすよう指示してるらしく、キャストへの実入りは良くないの。仲良しの経理のおばさんが、こっそり教えてくれたわ。そのうち、オーナーはトンズラするんじゃないかっていう噂。で、タイミングよく『クラブ沙由美』のスカウト話が来たから、詳しい条件をママに訊こうと思って……でも、私好みのお兄さんに会ったから、面接する気が失せちゃった」

美波はこれみよがしに胸の谷間を見せて、男にすり寄った。

それにしても、ここまでよくぺらぺらとウソが出るものだと、美波は自分の土壇場の強さに感謝した。

「お兄さんはなにしてる人？　名前聞いてもいいかしら？　私は美波。店での源氏名はルナっていうの。二十三歳よ」

男の視線が美波の乳房に張りついた。

が、彼は表情を変えることなく、

「俺は……まあ、いわば実業家だな。高瀬一彦《たかせかずひこ》って言うんだ。今年で三十九歳だ」

「実業家なんてすごいわ！　どんな業種かしら？」

「え……ああ、儲かることなら何でもだな。不動産や金融、イベント、内装工事、清掃業。最近は、熱帯魚なんかも扱ってる」

「すごーい。手広くやっているのね」

美波は満面の笑みで身を乗りだし、さらに巨乳を強調する。

うるうると目を輝かせる姿に気をよくしたのか、高瀬と名乗る男は、まんざらでもないというふうに、笑み浮かべた。

「まあな、あちこちネットワークを張っておくと、いざというとき便利だろう」

「そうね……で、今日は、どうしてここに？」

「あ、ああ……アンタと同じ、この店のママに用があったんだけど……」

高瀬が、ズボンのポケットから取りだしたスマホで時刻を確認した。

「まだ午後六時か……客との同伴なら七時くらいになるかもな。アンタ、ママとは何時に面接の約束してるんだ？」

「い、いいえ……まずはアポなしで店に入って、客層なんかを確認しようと思って。店内のインテリアや女の子の容姿のレベルも、私の太客さんに見合うか、ちゃんとリサーチしなくちゃ」

「へえ、けっこう慎重派だな」

「ええ、病気の両親や兄や姉たちもいるから、私が大黒柱になって稼がなくちゃいけないの」

さすがに言いすぎだと思ったが、「夜の女の設定」ということで、ここは勘弁してもらおう。

「大黒柱か……。さっき面接する気が失せたって言ったな。別な日にしてもいいってことか？」

「ええ、今夜は高瀬さんとデート可能よ」

美波は赤いリップで彩られた唇を緩ませた。

高瀬は一瞬、宙をみつめ、ふたたび美波に視線を戻す。

「近所にうちの事務所があるんだ。来るかい?」

「事務所……?」

美波のこめかみが、警戒するように脈打った。

先ほど「私好み」と言ったため、その気になったのかもしれない。

「事務所って……他の人もいるのかしら?」

「いや、電話番は五時半までだから、これからはふたりきりだ。どうする? 行くかい?」

近所のネオンの灯《ひ》を受けた高瀬の目が、いちだんと鋭さを増した。

(どうしよう……完全に獲物を狙う目ね……)

一瞬たじろいだが、悪い気はしない。

今の恋人とは、大阪と東京で遠距離恋愛中だが、ここ一カ月はほとんど連絡がとだえている状態だ。こちらから連絡してみようか、あれこれ考えた末、「結局は、連絡がないのが彼の答え」という結論に至り、このままフェードアウトで終わるのだろうと感じている。

恋人は、目の前にいる高瀬に似たコワモテ系で、エッチの相性も悪くはないが、やはり物理的な距離の遠さは恋愛に障害だ。

(そういえば、セックスだってずいぶんしてないな……)

前にエッチをしたのは半年前ぐらいだろうか。

十九歳で処女を捨てて以来、経験した男性は四人。

決してセックス好きの淫乱と言うわけではないが、ここまで男日照《おとこひで》りになったことはなかった。

大家族で育ったせいか、兄たちを見て、男の生態はあるていど理解しているつもりだし、気に入った男にモーションをかけることにも抵抗はない。

そればかりか、好みの男を前にすると、どんなセックスをするのか体が熱く疼いてくる。

(ただ、今回ばかりは勝手が違うのよね)

三野係長を応援するにあたり、紅子も雪乃もちゃんと成果を残している。

手柄をあげていないのは自分だけという、悔しい思いもあった。

(Vシネマじゃ、重要機密ってベッドの中で漏れるし……これはきっとチャンスよ。そもそも、彼は私の好みだし)

美波は蠱惑的な笑みを作る。

「高瀬さんの事務所、見たいわ。連れてって」

高瀬の腕を取ると、促されるまま新宿駅方面へと歩きだした。

3

「ここが……事務所」

連れてこられたのは、新宿東口近辺に建つ雑居ビルの九階だった。

古ぼけたプレートには「Tコーポレーション」と表示されている。

ドアを開け、真っ先に目についたのは、一メートル以上はあろうかと思える水槽で、ゆうゆうと泳ぐアロワナだ。

水槽の青白いライトを受け、実に美しい。

横にはもうひとつ水槽があり、こちらは観賞用の熱帯魚であるディスカスやグッピー、ネオンテトラ、コリドラスが、揺れる水草とともに泳いでいる。

「アロワナね……きれいなシルバー」

美波は水槽に近づいた。

「知ってるのか？」

「ええ、熱帯魚は兄が飼育していたの。もっとも、アロワナは成長すると一メートル以上になるから無理だったけど、熱帯魚ファンなら憧れの魚よね。うちはディスカスやネオンテトラを飼っていたわ。ディスカスって、オスもメスも『ディスカスミルク』っていう白い液体を体から出して、稚魚に与えるでしょう？　親魚に群がる稚魚を見るのが楽しくて……。オスも一緒に子育てするのがほほえましいなって、いつも夢中で見てたの」

「そうか」

水槽を見つめる美波の背後に、高瀬が迫ってきたのがわかった。

水槽の向こう側を見ると、十五畳ほどある空間には、デスクが五、六台ほどあり、それぞれのデスクに固定電話とパソコンが置かれている。簡素な空間だった。

「あ、あっちの部屋は……？」

半開きになっているドアに、目を向けると、

「俺の仕事部屋だよ。一応、社長室だ。来るかい？」

「え、ええ……」

ドアを開けると、新宿のネオンが室内を照らしていた。

室内は十畳くらいだろうか。さほど広くはないが、応接セットにデスク、書棚

には多くのファイルが整然と並んでいる。

（もう逃げられないわね）

急に緊張が湧きあがってきた。

ここで男と交わるのだという期待と不安に、Ｇカップの胸が高鳴った。

しかも、ただセックスするわけにはいかない。三野係長にとって、有益な情報を得なければいけないのだ。

しかも、相手は沙由美ママの元夫である。

（やだ……本当にＶシネの世界）

パンティの奥が甘く疼く。

私はヒロインだと言い聞かせ、夜景がきらめく窓辺に行くと、予想どおり、高瀬がごつい腕で後ろ抱きしてきた。

乳房に腕は触れているが、いきなり膨らみを揉むようなことはしないマナーはあるようだ。

マリン系の香水の匂いが心地いい。

「なんか懐かしい感じがする……今日会ったばかりなのに、運命なのかしら」

運命という言葉を軽々しく口にする男は嫌いだが、ここはあえてそう告げてみた。

「運命か……男と女なんて、交通事故みたいなものだからな」

「私とも交通事故？」

「……かもな」

「正面衝突で、派手にクラッシュ。最高ね、ふふっ」

美波はくるりと高瀬のほうに振り向いた。

ネオンを受けたコワモテ顔が、わずかに照れたような気がしたが、高瀬の二の腕をつかみ、唇を重ねていく。

「ン……」

温かな唇だった。かすかに当たるひげの感触も嫌いじゃない。

香水とほのかな汗の匂いが入り混じる。

先に舌を差し入れたのは美波だった。

過去の恋人に「美波の舌って長いな」と言われることが多かった舌先で、高瀬の口腔や歯列を舐めまわした。

ニチャ……ニチャ……ッ
高瀬も舌を絡め合わせてくる。

「あん……ンッ」

彼の大きな手が、美波の背中をいくども撫でつけては、その域を徐々に下へとおろしてきた。

背中からウエスト――ヒップ――。

「ああっ……ダメ……」

そう悩ましく喘いでみせる。

高瀬は「ダメ」がNOの意味ではないことは察したようだ。ごつい手が免罪符をもらったかのように、ワンピースごしの尻を揉みしだいてきた。

「あん……もう……いじわる」

拒絶の言葉を口にしながらも、体はいっそう肌熱をあげていく。

すでにパンティもぐっしょりと濡れているはずだ。

粘つく液があとからあとから噴きだしてくる。

ジジ……ジジ……ッ
室内に響く音が、背中のファスナーをおろす音だと知るまでに数秒を要した。

「あっ、待って……」

「待たない」

尻の上あたりまでファスナーをおろした手は、そのまま、ノースリーブの肩口をつかんだ。

まるで果実の皮をむくように、ぺろりとワンピースがおろされる。

「ああっ」

ブラカップ付きワンピースのため、乳房がぶるんと飛びだした。

「へえ、デカいと思ってたけど、丸々としてハリがあって最高の形じゃないか。乳首もピンクでキレイだ。さすが二十三歳のカラダは違うな」

そう目をみはるなり、美波を革張りのソファーへと促し、仰向けに横たえた。

一瞬、ウィッグが取れないかヒヤリとしたが、大丈夫なようだ。

覆いかぶさった高瀬の唇が、うなじから鎖骨、乳房へと降りてくる。

ツンと勃った乳首が口に含まれた。

「あ……ッ」

思わず肩を震わせた。

背筋に甘い快感の波が広がっていく。

高瀬は量感あるGカップ乳を両手ですくいあげ、揉みしだく。

寄せあげては、くびりでた乳頭を交互に口に含み、舌ではじいてきた。

ピチャ……ネチャ……ッ

「ああ……いい」

体が大きくのけぞった。

乳首がジンジンと硬くなっていくのがわかる。

巨乳は感度が悪いと言われがちだが、美波は違った。

高瀬の繊細な舌の動きに双肩を震わせ、見る間に硬さを増した乳頭が、さらにしこり立っていく。

たまらず、太ももをよじり合わせた。

女陰がヒクつくたび愛液が染みだし、パンティはさらに濡れていく。

自分でも信じられぬほど、新鮮な蜜が湧きだしてくる。

（ああ……こんなにあふれてくるなんて……）

美波の戸惑いなど知るはずもなく、高瀬の手がパンティの脇にかかった。

そのまま引きおろそうとする彼に、

「そ……そういえば、沙由美ママとはどういう関係？」

あえて質問を投げかけてみた。

一瞬、沈黙があったものの、

「あの店のママは……元女房なんだ」

そう正直に答えてきた。

「もしかして、ヨリを戻しに来たとか？」

なおもパンティを引きおろそうとする手に従って、尻を浮かせる。

熱い女陰を冷気が撫で、同時に甘酸っぱい匂いが立ちのぼってきた。

「ははっ、まさか！　ヨリなんて戻さないよ」

おろされたショーツが足首から抜かれ、美波は生まれたままの姿になった。

高瀬の目には、Gカップ乳とくびれたウエストから続く張りだしたヒップ、縦長のへそ、薄めの陰毛が映っているだろう。

「私だけ裸は恥ずかしいわ。高瀬さんも脱いで」

その声に、高瀬は立ちあがり、素早く服を脱ぎ始める。

もともとガタイはいいのだが、裸になると、さらに隆起した筋肉が目を引いた。

むき出しになったペニスは臍を打たんばかりにそそり立っている。

野太く、黒光りしたイチモツは、美波の目に、ひときわ卑猥で魅力的に映った。

「すごい体ね……」

「一時期、格闘技をしていたからな」

「ねえ、こっちに来て、今度は高瀬さんが仰向けになって……」

「仰向けに？」

「ええ」

美波が起きあがると、高瀬は「女に指示されるとはな」と苦笑しつつ、大柄な体をソファーに横たえた。

少々、窮屈そうだが、すぐに挿入するわけにはいかない。

（エッチを長引かせて、彼の背後をもっと探らなくちゃ——）

恥ずかしさをかなぐり捨て、美波が彼の顔にまたがる——シックスナインである。

隆々と猛るイチモツをにぎりながら、美波は張りだした亀頭を口に含んだ。

「ううっ」

低く唸った高瀬は美波のヒップをわし摑み、ぐっと引きよせてきた。

プリンと弾力あるヒップは、Gカップ乳とともに美波の自慢のパーツである。

尻が窓側に向いているため、今、彼の目にはネオンを受けた肉ビラと、嬉し涙を噴きこぼす女粘膜が余すことなく見えているはずだ。

チュパ……ジュク……ッ

熱い舌先が、ワレメを舐めあげてきた。

「あっ……いいっ」

美波は尻をヒクつかせ、久しぶりのクンニリングスに酔いしれる。

パンパンに膨らんだペニスを口いっぱいに頬張った。

遠距離恋愛の彼のモノより野太く、硬さもあった。

格闘技をやっていたというから、セックスも強そうだ。

ふと、沙由美ママもこの逞しいイチモツを咥えたんだというジェラシーが湧いてきた。しかし、過去の恋愛があったからこそ、今この男と抱き合っているのだと納得するもう一人の自分もいる。

ふたたび、フェラチオに意識を集中させた。

汗とかすかなアンモニア臭が、男の生々しさを伝えてくる。

ズリュッと根元まで咥えこみ、たっぷり溜めた唾液とともに長い舌を絡ませる。

頬がへこむほど吸いあげ、舌を揺らめかせてしゃぶり立てた。

「うう……っ」

高瀬は左右の肉ビラを広げながら、膣口を舌で穿ってくる。

「あっ……んんっ」

鋭くとがらせた舌が媚肉を刺し貫くごとに、美波は尻をはねあげ、ソファーがきしんだ。

あふれる蜜をすすられる愉悦が、子宮から背筋へと這いあがっていく。

「とろけそう……気持ちいい」

美波は肉棒をにぎりながら手しごきも始めた。

上下にこすりたてながら、裏スジに舌を這わせて亀頭冠もチュパチュパとあやしていく。

「ねえ……さっきの続き……本当に、ママとはヨリを戻す気はないの……？」

言いながら、喉奥まで肉幹をほおばり、手では陰嚢を優しく揉みしだいた。

豊かな乳房を彼の腹に押しつけ、左右に揺らして軽い刺激も加えてみる。

「う……もちろん、ないね」

「じゃあ……なぜママに……？」

美波は陰嚢にも舌を這わせ、口に含んだ。

「くっ……実は昔……とある事業に失敗してな……自分の名前じゃ融資は無理だから、相棒とビジネスをやってたんだけど、そいつが金を持ち逃げしやがって……見つけたらボコボコにするつもりが、結局見つからずじまいさ」

「……警察には？」

「クリーンな金じゃないから、表ざたにはできないんだ」

ワレメを舐めていた高瀬の舌が、クリトリスをはじいた。

「ああっ」

美波は尻をビクつかせた。

クリトリスは特に敏感な個所だ。

ここを刺激されると、腰が震え、居ても立ってもいられなくなる。

美波の快楽のポイントを探り当てた高瀬は、執拗にクリ豆をはじき、包皮を剝いてはかぶせ、かぶせては剝くを繰り返してきた。

「ダメッ……そんなことされると……」

そう叫びつつも、美波は女陰を高瀬の顔面に押しつけていた。

肉ビラはふっくらと充血し、包皮の剝けきったクリ豆は、真っ赤に尖り立っているだろう。

（ンン……入れてほしくなっちゃう）

でも、まだまだ詳しい話を聞かなければ──。

「はあ……だから、元奥さんの名前で融資してもらおうってこと？」

尻を震わせ、美波はもう一方の陰嚢も口に含み、飴玉のように転がす。

「くっ……まあ、そんなとこだな。アイツとは五年も夫婦だったんだぜ。もちろん、金の面で迷惑かけたこともあったけど、もう一度、力になってほしくてさ」

そこまで聞くと、美波は陰嚢を吐きだした。

「野心のある男って大好きよ……ねえ、もう入れてほしい」

美波はソファーから降りると、ハイヒールに足をすべりこませ、みずから窓辺に立った。

目の前には新宿の夜景が広がっている。

ビルの九階から見えるネオン街は、人間の欲望そのものに思えた。

美波がガラスに手をつき、尻を突きだすと、亀頭がワレメにあてがわれた。

「あ……」

いよいよ挿入だ。

早く……早くこの野太いものに貫かれたい。

高瀬が尻を引きよせ、勢いよく腰を送りこんでくる。

ズブッ、ズブズブ……ッ!!

潤沢な愛液に勢いづいたペニスは、膨らんだ肉ビラをまきこみながら、一気に膣路を貫いた。

「あっ……はぁぁああっ！」

衝撃に美波の体が大きくたわみ、ロングヘアが波打った。

息がとまり、目前のネオンが一瞬、ぐらりと歪んだ。

（うう……高瀬さんの、おっきい）

美波はしばらく動けずにいた。

内臓が押しあげられる感覚は初めてだった。

高瀬は軽く腰を揺すって、粘膜をなじませてくる。

いくぶんか美波の体が楽になったと感じたのだろう、徐々に腰を使いだした。

ズブッ……ズブズブッ……ジュブブ……ッ！

「ううっ……奥まで来てる……ッ」

美波はガラスに爪を立てた。

彼の力強い腰づかいに慣れてくると、みずから腰を振りたて、より深い結合を求める。

「お前、可愛い顔して好きモノだな。最高だよ」

腰が引かれ、ふたたび激しい打擲《ちょうちゃく》がみまわれる。

「ヒッ……ね……ねえ、さっきの話だけど、無事、融資がとおったらどんな事業を興すの？　興味あるわ」

美波はこれ見よがしにヒップを突きあげた。

「詳しくは言えないけど……法律すれすれのダークな事業だな」

「まさか、捕まるようなことじゃないでしょうね」

「ああ、もうバカな真似はしないつもりだ。でも、一度でも甘い汁を吸うと、地道に稼ぐのがバカらしくなってな」

「わからなくもないけど……誠実に稼ぐことも大切よ」

「ははっ『スキャンダル』のトップ5が誠実だなんて、どの口が言ってんだ？」

高瀬は苛立ちをぶつけるかのように、肉棒を激しく叩きこんでくる。

「はあッ」

貫かれた男根に女襞が吸いついていく。

媚肉がざわめき、とろけ、ただれるほど熱く煮詰まっている。

「世の中、真面目に働かなくとも甘い汁を吸える手段なんていくらでもあるんだ」

「ンンッ……でも……」

「でも……なんだよ？」

高瀬が腰の動きをスローダウンさせた。

「ああ、動きを止めないで……もっと突いて」

心では彼のふがいなさを咎めていたが、それを言葉にはできなかった。

体がさらなる刺激を欲している。

高瀬はふたたび胴突きを浴びせてきた。

ジュブッ、ジュブブ……!!

「はぁぁーーっ」

美波は今まで以上に浴びせられた深い結合の快楽を噛みしめる。

強烈な熱感と圧迫で膣肉はわななき、女陰が生き物のごとく、男根を圧し包んでいた。

美波は鋼《はがね》のようにいきり立つ肉竿が抜き差しされるたび、みずからも貪欲に腰を揺すった。衝撃に波打つ体は、すっかりピンクに染まっているだろう。

時おり、焦点の合わぬ目で夜景を見ては、怒張を打ちこまれる快楽に、身を震わせる。

「高瀬さんのモノ……もっと硬くなってきた!」

そう叫んだ刹那、

カシャーン――!!

片方のピアスが飛び、ガラスに当たって砕け散った。

ピアスなど、どうでもよかった。

美波の脳裏には、めくれた花びらのあわいに出し入れされる野太い男根が像を結んでいる。

ズブッ、ズブッと激しくも甘美な一撃が、立て続けに浴びせられた。

「はあっ、ああッ!」

柔らかく濡れた粘膜に、猛る怒張が割り裂く光景を思い描く。

汗みずくの体が陶酔に包まれる。

リズミカルにしゃくりあげる腰づかいに合わせて、女体が大きく跳ねあがった。

壮絶な摩擦と圧迫は、女だけが味わえる特権だろう。

もたらされる快美は、ひと打ちごとに増幅していく。

「はあっ、あぁああっーーッ!」

男根に吸いつく膣肉が回を重ねるにつれ、激しくうねり、ざわめき、執念の締めつけを浴びせていった。

本来なら、互いの顔を見つめたままエクスタシーを迎えたい。

視線と視線を絡めあい、イキ顔をさらすのだ。

しかし、アクメが迫る体は、体勢を変えることすら許してくれなかった。

熱い塊が子宮から徐々に肥え太っていく。

「ああ……もう、イキそうッ！」

美波は爪を立てたガラスを、キリキリと引っ掻き回した。

眼前のガラスが吐息に曇り、汗と性臭が馥郁《ふくいく》と香る。

高瀬の打ちこむタイミングに合わせて振りたてる尻が痙攣し、絶頂の兆しを伝えてくる。

そのときだった。

高瀬の左手が乳房を揉みこみ、前に回した右手が、結合する場所をまさぐってきたのだ。

「ああっ」

とろける肉ビラの上方にある膨らんだクリ豆が、高瀬の指の動きに従って、右へ左へとはじかれる。

「くうっ……ううっ」

「なあ、お前を気に入ったよ」

うなじに熱い息を吹きかけながら、高瀬は一気に打ちこみのピッチをあげた。

むき出しのヒップを引きよせては、深度と速度、角度を微妙に変えながら、美波の胎内を穿ちまくる。

パンッ、パンッ、パパパン――ッ!!

「ひっ……はああうっ」

ガラスには、喜悦に歪む美波の艶顔が映しだされている。

互いの息が乱れ、夜景がかすんでいく。

高瀬はなおも力強く、美波の最奥に怒張を叩きこんできた。

「はあっ、もう……限界ッ!」

美波が叫んだ。

しかし、高瀬は動きを弱めることはない。

卑猥な肉ずれの音がいくどとなく鼓膜を打ってくる。

乱打のタイミングで美波も腰をせり出すと、結合部からあふれた透明な汁がほとばしった。

「くううっ……はううっ」

美波の切迫した声が響く。

硬化した男根は、熱した太槍《ふとやり》のごとく女体を串刺し、絡みつく粘膜を侵食してくる。

「そろそろイクぞ」

高瀬が低く唸った。

連打を浴びせ、結合部をまさぐっていた高瀬の手が、クリトリスをひときわ強く摘まみあげた。

「はぁぁああっ！」

弓なりに反った美波が、歓喜の叫びを放つ。

尻をビクッ、ビクッと痙攣させながら、膣肉が男根を猛烈に締めあげるのが分かった。

奥の奥まで挿入されたペニスがひときわ熱く爆ぜた直後、

ドピュッ、ドピュッ、ドクドクドク——‼

「おうぅううっ」

煮えたぎる高瀬のザーメンが鮮烈に噴きあがり、美波はアクメの激流に呑みこまれた。

第五章　部下の二人と

1

午後六時、歌舞伎町にある行きつけの居酒屋――。

「なんですって！　ママの元ダンナと寝た？」

美波の報告を聞くなり、紅子は開口一番、叫び声をあげた。

「シーッ！　紅子先輩、声が大きいですよ」

美波はメガネの奥の瞳をしばたたかせ、ひやひや顔で周囲を見わたした。

店内は仕事帰りのビジネスマンやOLで八割がた埋まっていたが、幸い皆、会話に夢中で、特に気にする者はいないようだ。

「コワモテ系がタイプって言ってたけど、まさか体を張ったなんて……美波さん、思いきったことをしたものね」

紅子は、ビールジョッキに口をつけた。

今日は法人相手に分譲マンションの設備内容のプレゼンがあったため、ノーブルな白いスーツ姿だ。

(でも、わからなくもないわ)

女にだって性欲はある。

なによりも紅子自身が欲望に負け、三野係長を誘う形で寝てしまった。

驚きはしても、美波をとがめる気持ちはみじんもない。

紅子の隣に座る雪乃は、

「色じかけとは聞いていたけど、まさか、出会って数時間後にエッチしちゃうなんて大胆。メイドカフェでも、そんなこと誰もしなかったわよ」

淡いピンクのワンピースに身を包み、愛らしい表情をわずかに引きつらせている。

「で、詳しく聞かせてちょうだい」

紅子の問いに、美波は「私も、ひとくち失礼します!」と、景気づけのビールをグビリと呑んだ。

普段ほとんど化粧っけのない顔は赤いルージュに彩られ、洋服もシックなグレーのワンピースだ。

(女ってわかりやすいわね)

もともとグラマラスなスタイルだが、今日の美波は全身からにじみ出るような色香と、女としての充足感が見て取れる。

テーブルにはナスの煮びたしや冷ややっこ、アボカドサラダが並んでいるが、紅子も雪乃も手をつけず、美波の話を待った。

「えーと、忘れないようにメモしました」

美波はバッグから文庫本サイズの手帳を開き、読み上げはじめた。

「沙由美ママの元夫は、高瀬一彦、三十九歳。会社名は『Tコーポレーション』で、業務内容は不動産、金融、イベント、内装工事、清掃、熱帯魚など、儲かりそうなことは多岐にわたって手掛けているようです。で、肝心の沙由美ママへの接触理由は、やはり、ママの名前を借りて銀行からの融資ですね。おそらく、彼自身がブラックリストに入っているんでしょう」

「で、ママの名前で融資してもらって、何をするつもり?」

紅子がつっこんだ。

「そこなんです。法律すれすれのダークな事業としか教えてくれなくて……」

「ダークな事業って……どこまでも怪しい男ね」

「はい、体を張っても詳しいことは教えてくれませんでした……っていうか、そのときは、エッチに夢中でふたりとも盛りあがっちゃって……」

照れ笑いする美波に反して、紅子は眉をひそめる。

「うーん……どのみち、一生日なたを歩けない悪人ね。美波さん、よくやったわ。三野係長にはちゃんと報告するから、その男とはもうかかわらないでちょうだい」

紅子は、やっとアボカドサラダに箸を伸ばした。

「そうよ、悪党との付き合いはVシネマだけにとどめておかなくちゃ。朱に交われば何とやらっていうでしょう?」

雪乃も梅酒ソーダを呑み、冷ややっこを口に運んでいる。

「で、でも……」

美波は、呑んでいたビールジョッキを静かに置いた。

「私、どうやら彼にマジメに恋しちゃったみたいなんです……女って抱かれるとダメですね」

「恋ですって？」

紅子はまなじりをあげた。

「だって……今思い返してもドキドキするんです。彼のエッチって、かなり情熱的で、激しくて……もっと時間があれば、Vシネのように、あらいざらい暴露させたのに……。いや、違うわ！　私は、悪事に手を染める彼を更生させる役目かもしれません」

美波は豊満な胸に手を当てて、天井を見上げた。

「……美波さんたら、完全に恋している女の目ですね」

雪乃が呆れ口調で言うと、

「まさに、ミイラ取りがミイラになった典型ね」

紅子もますます唇を尖らせる。

「す、すみません……私、ずっと恋人と遠距離恋愛だったじゃないですか。その彼とも、なんとなく連絡を取らなくなって、結局はフェードアウト。久しぶりのエッチにちょっと心が弾んじゃいました。しかも高瀬さんたら、帰り際、ギュッと抱きしめてくれたんですよ。彼、本来は純粋な人なのかもしれません」

美波の浮き立つ心が、さらに昂揚していく。

（若いわね……恋愛経験の少ない女ほど、ダメンズにハマるんだから。一度、エッチしたくらいで何が純粋よ。純粋なおバカさんはアナタじゃないの）

紅子は胸奥で毒づいた。

「美波さん、もう十分よ。そこまでリサーチしてくれてありがとう。とにかく、その人とはかかわらないほうが得策よ。まだ六時半だから、これから三野係長に伝えに行きましょう」

「えっ、これからですか？　まだほとんどお料理が……」

美波は、慌ててナスの煮びたしを小皿に取る。

そのとき、テーブルにあった美波のスマホが鳴った。

「あ、高瀬さんからLINEだわ」

すかさず、美波がタップする。

「〈お前が見たがってた『龍神の牙』のDVDを買った〉ですって。やだ、これって一緒に観ようって意味ですよね！」

はしゃぐ美波を紅子はにらみつけた。

「ちょっと！　最初のミッションを忘れないで！　私たちの目標は、三野係長をデキる男にさせ、恋愛も成就させること。『ミノキチ革命』よ」

「わ、わかってます。わかってますけど……今回は、かなりタイプだったので、つい……」

急にしおらしく肩を落とす美波を見て、紅子は唇を真一文字に引き結んだ。

(その気持ち、よくわかるわ……理解できるけど……)

歳を重ねた分だけ、恋愛の悦びも苦悩も、彼を信じたい気持ちも理解できる。

落ちる気がなくとも、落ちてしまうのが恋なのだ。

そして、ダメだと言われるほど、その恋にすがってしまう。

自分だって、いけないと思いつつも、三野係長の薬指の長さに欲情し、酔った勢いで強引にホテルに連れこんだ。

そして、激しいセックスに女の悦びを見出した女のひとりである。

(あっ)

紅子の脳裏に、ひらめくものがあった。

(今回、美波さんには、別な形で協力してもらう手があるかも)

紅子は少し考え、優しくなだめるように告げた。

「美波さんは、高瀬さんが好きなのよね?」

私は雪乃さんとふたりで、三野係長と沙由美ママとの仲をとりもつから」

「あなたは高瀬を更生させる手助けをなさい。

美波はうつむき加減の顔をあげた。

「な、なんでしょうか？」

「じゃあ、お願いがあるの」

「はい……」

「えっ、いいんですか？」

「ええ、あなたは高瀬を沙由美ママに接近させず、もちろん融資の協力もさせないで、自分の力でまっとうに生きるよう説き伏せてほしいの」

紅子の真剣なまなざしに、美波は落ちかかるメガネを手で支え、「はい」と唇を引きしめた。

「私は夜のホステスって役回りで接近したんですが、ちゃんと正直に話して、三野係長や沙由美ママ、自分の恋愛も成就するよう、うまく立ちまわります」

「安心したわ」

紅子はほほ笑んだ。

結局のところ、高瀬を更生させることが、三野係長と沙由美ママにとっても、すべてがWIN-WINになるだろう。

「じゃあ、私はこれから雪乃さんと三野係長に報告に行くから、美波さんはゆっくり食事していきなさい。さ、雪乃さん、行きましょう」

紅子はバックから財布を取りだし、テーブルに一万円札を置いた。

「えっ……少しだけ待ってください。まだ呑み足りないです」

雪乃は慌てて梅酒ソーダを流しこむ。

「お酒は後でたっぷり呑んでいいから、ほら、早く!」

紅子は雪乃の腕をつかむと、強引に立ちあがらせ、ヒールの音も高らかに、店をあとにした。

店を出て、新宿駅方面に向かう途中、紅子は人混みを掻き分けながら、雪乃をチラリと横目で見た。

「単刀直入に訊くわ。雪乃さん……あなた、三野係長とエッチしたでしょう?」

「えっ?」

雪乃は一瞬、なんのことと言わんばかりに、目を白黒させる。

「隠してもダメよ。私にはわかるの。三野係長と江戸東京博物館に行った報告を受けたとき以降、妙に肌ツヤがよくなったし、三野係長を見る目が変わったもの」

紅子は、どうだと言わんばかりに、微笑を浮かべる。

「……気づいていたんですね」

雪乃は夜風にボブヘアをなびかせながら、頬を赤らめた。

「ええ、私はちゃんと雪乃さんに係長とエッチしたことを報告したけど、あなたは秘密主義なのね。確かに口の堅いのは立派だわ。でも、せめて私にだけは教えて欲しかったな」

「す、すみません……つい、紅子先輩に伝えるタイミングを逸してしまって……」

雪乃は立ち止まって、ぺこりと頭をさげてきた。

「やだ……謝らないで。とりあえず急ぎましょう」

紅子はふたたび、雪乃とともに歩き始める。

「実はね、今、雪乃さんに確認したのは、とがめるためじゃないの。係長のエッチ、最高じゃなかった？」

紅子はあの夜のことを思い出した。

丁寧なクンニリングス。思いのほか激しいセックスに下腹が熱く痺れてくる。

「は、はい……まさに三野係長の気遣いのあふれる優しさと、オスの野性を秘めた激しいエッチでした。紅子先輩が絶賛していた意味がよくわかりましたもの」

「でしょう」

「はい……可能なら、もう一度、お手合わせ願いたいくらい」

雪乃は両手で「やだ、私ったら恥ずかしい」と言いながら、うっとり瞳を潤ませた。

「じゃあ、報告がてら、今夜は三野係長と3Pするっていうのはどう？　段取りは私がつけるわ」

「ええっ、3P……ですか？」

「そう、私は初めてだけど……雪乃さんは？」

「わ、私も初めてです……」

「よかった。これで決まりね。すぐに係長に電話するわ。思い立ったら吉日よ」

「これで決まりねって……べ、紅子先輩……」

あまりの急展開に雪乃は言葉を継げないようだが、それを無視して、紅子はスマホを取りだした。

素早く三野の番号をタップする。

時刻は午後七時を回っているから、おそらくまだ会社だろう。

（前はビジネスホテルだったから、今度は広々としたラブホがいいかしら。マットプレイなんかもできれば面白そう）

あれこれとエッチな妄想を膨らませていると、

『もしもし』

三野が通話口に出た。

「あっ、三野係長、お疲れ様です。沙由美ママの件で重要なご報告があるんです。――いえ、悪い報告ではありません。で、今、雪乃さんと一緒なんですが、お時間取れませんか？　会社の近くでしたら、ぜひどこかで」

嬉々として告げると、

『すまん……今日は早めに仕事を終えて、もう家なんだよ。さっき風呂から出たところで、ひとりで一杯やってたんだ』

ややほろ酔いの声が返ってきた。

一瞬考えた紅子だったが、風呂あがりとはちょうどいい。

「では、一刻も早くご報告したいので、今から参りますね。ご自宅の住所は、存じていますので」

『えっ、今から？』

通話口からは困惑した声が返ってきたが、かまわず通話を切った。

初めて三野とセックスした日も、強引に押しきったが、なにかを成し遂げるには、有無を言わせぬ強引さは大切だ。

「雪乃さん、タクシーでいくわよ」

紅子は手を挙げて空車を拾うと「本当に大丈夫なんですか？」と戸惑う雪乃を乗りこませ、三野が住む高円寺へと向かった。

2

紅子がマンションのチャイムを鳴らすと、

「やあ、いらっしゃい」

三野は困惑しつつも「どうぞ、どうぞ」とTシャツにジャージ姿で、ふたりを室内に招き入れてくれた。

「急にすみません。これ、コンビニで買ったお酒です」

缶ビールや酎ハイ、チーズなどのつまみが入ったレジ袋を渡し、通されたリビングのソファーに腰をおろした。

「散らかってるけど、ごめんね。電話をもらってから、一応さっと片づけたんだけど……」

三野が恐縮したように言うと、

「とんでもありません。とてもきれいなお部屋」

「本当、男性の一人暮らしとは思えません」

紅子と雪乃は、メープルの家具で統一されたシンプルな室内を見回す。

十五畳ほどのリビングには大きなガラスのテーブルが置かれ、クリーム色のソファーに書棚、キッチンの横には、ダイニングテーブルが設えられていた。

壁ぎわには大面鏡とともに、ダンベルや腹筋ローラー、ステッパーなどの筋トレグッズが置かれている。

(ちゃんと肉体改造もやっているのね。立派だわ)

きょろきょろと観察ついでに背後を見ると、紅子たちが座っているソファーの後ろに引き戸がある。

(たぶん、後ろが寝室ね)

不動産という仕事柄、おおよその間取りは察しがついた。

紅子は雪乃に「寝室は後ろよ」と小声で耳打ちすると、雪乃は緊張した面持ちで「はい……」とうなずいた。

（今日は白いスーツだし……スカートに恥ずかしいシミができる前に……）

3Pへの段取りを、あれこれとめぐらせる。

三野はキッチンで酒やつまみの準備をしているが、あまり酔いすぎるとペニスの勃ちが悪くなる。適度に酒が入った段階で、セックスにもつれこまねば――。

きっかけはどうしようと悩んでいたところに、三野は「おまたせ」と、紅子たちが買ってきたチーズやサラミを皿に盛りつけ、数種類の缶ビールや酎ハイとともにテーブルに置いた。

紅子たちが座るソファーからL字の位置に一人用イスを置き、腰をおろした。

「じゃあ、乾杯」

缶ビールで乾杯したのち、「で、報告って何だい？」とさっそく訊いてきた。

紅子は、美波から受けた報告を簡潔に告げた。しかし――

話を聞くうちに、ほろ酔いに赤らんだ三野の顔が、みるみる引きつっていく。

「なんだって、沙由美ママの別れたダンナが……？　しかもママ名義で融資を

「……？　み、美波くんがその男に接触してるとはどういうことだ？　紅子くん、詳しく聞かせてくれないか？」

三野は眉間にしわを刻み、深刻な表情で問いただしてきた。

（しまった）

もっと順序だてて話せばよかったと紅子が後悔しても、後の祭りだった。

元夫のママへの接近、張り込みを続けていた美波からの報告、新規事業のための口座開設、一目ぼれからのハニートラップ——情報の大洪水に、三野が混乱するのは当然のことだ。

しかも、新人同然の部下が、上司のために沙由美の元ダンナと接触するなど、尋常ではない。

（マズい、早まっちゃたわ……3Pのことばかり気が回って、深く考えなかった）

紅子は焦った。

もっと順序だてて小出しに報告すべきだったと悔やんでも、三野は不安を隠さない。

（こうなったら、洗いざらい話すしかないわね）

紅子は心を決めたように、キッと瞳を見開いた。

「正直に言います。実は……美波さんは、どうやらその男性に一目ぼれしたらしく、すべてがうまくいくよう、動いてくれています」

「なんだって？　一目惚れ」

三野は、いっそう眉をひそめた。

「その男……ママの元ダンナは悪党なんだろう？　ママも心配だが、美波くんは大丈夫なのか？」

元夫の登場に慄いたのだろう、三野は前のめりで訊いてくる。

「は……はい、ですから、美波さんは彼を更生させるべく働きかけ、沙由美ママに被害が及ぶことがないようにしてくれます。そして三野係長の恋の応援も……」

紅子はあえて笑顔を作った。

隣では、すでにビールに次いで梅酒ソーダも空けた雪乃が肌をピンクに染め、そわそわと落ち着かないようすだ。

（雪乃さんたら……もう、我慢できないのね）

そういう紅子の体も火照り、つい、三野係長の長い薬指に視線を落としては、邪な妄想を膨らませてしまう。

だが、彼の頭の中には、これからセックスする気などみじんもないだろう。

まずは一度、三野を落ち着かせて、３Ｐはこちらから巧く誘導するのが得策だ。

「係長、この話は美波さんの報告なしには進みません。彼女は自信満々で『すべてうまくいくように立ち回る』と言ってましたから、一度保留にしません？」

紅子は笑みを深めた。

「えっ……でも……」

「安心してください。美波さんも、かなりしっかり者ですよ。万事うまくいくよう働きかけてくれてますから、まずは彼女を信じましょうよ」

そう言いくるめた。

紅子の笑みを見て納得してくれたのだろう、

「あ……そ、そうだな……今ここでジタバタしても、何の解決にもならない。美波くんの報告を聞いてから、行動に移らなくちゃな。取り乱して悪かった」

三野は頭を掻いた。

「よかった。ご理解ありがとうございます」

「いや……君たちには感謝してるよ。美波くんにも……」

そう言って、酒やつまみをすすめてきた。

(よし、今だわ)

すかさず紅子は立ちあがり、スーツのジャケットのボタンを外しはじめる。

「係長……お酒もけっこうですが、私、少し酔ったみたい……熱いわ」

「えっ」

缶ビールを持ったまま啞然とする三野を見おろしながら、脱いだジャケットをソファーの背もたれにかけた。

壁ぎわの鏡には、ロイヤルブルーのブラジャーに包まれたEカップの乳房が、ピンクの乳首を透かせ、映しだされている。

三野は、なにが起こっているか理解できないといった風情で、見る間に顔を紅潮させた。

「べ、紅子くん……」

呆気にとられる三野にさらなる追い打ちをかけるように、雪乃も立ちあがった。

「私も……お酒が回ったようで……苦しいわ」

雪乃は背中に手を回し、みずからピンクのワンピースのファスナーをおろし始める。

うっすら微笑を浮かべたキュートな表情には、これから起こる淫靡なできごとへの期待がありありと浮かんでいる。

(雪乃さんたら、酔うとけっこう大胆なのね)

ワンピースが、スルリと足元におちた。

「ゆ、雪乃くんまで……ッ!」

雪乃は純白のブラジャーとハイレグパンティだ。

薄いレース生地が股間にぴっちり食いこんで、淫らなことこのうえない。

「ストッキングも脱ぎますね。いえ……この際だから、全部脱いじゃいます」

雪乃は、言葉を失っている三野に背中を向け、くねくねと尻を振りながらストリッパーさながらにストッキングごとパンティを取り去った。

肉づきのいいハート型の尻が現れる。

「き、君たち……今すぐ服を着なさい!」

紅子は耳まで真っ赤に染めた三野のそばに歩みより、手早くブラジャーのホックを外した。

肩ひもを腕から抜きとり、三野の傍らに落とすと、Eカップの乳房を三野の顔面に押し付ける。

「係長……さっき、感謝してるって言ってくださいましたよね。私たち……言葉だけじゃイヤなんです」

言いながら、ムニムニと乳房を三野の右頬になすりつける。

すでに硬くしこった乳首は、吸ってほしいと言いたげに、いっそう赤く尖りを増した。

「むうう、紅子くん……これはいったい」

そこに裸になった雪乃が歩いてきた。

ムッチリした太ももに加え、丸々としたおわん型の乳房が目を引いた。

バストのサイズは紅子と同じEか、もしくはFカップと言ったところだろう。

薄い陰毛と、粒だちの少ないピンクの乳輪が初々しい。

「ゆ、雪乃くん……」

雪乃も紅子の横に立つと、三野の左頬に膨らみを密着させた。

「私も……感謝していただけるなら、別なご褒美が欲しいです」

ふたりは押しくらまんじゅうさながらに、豊満な乳房で三野の顔面を圧迫する。

ムギュッ、ムギュッ――

「むうっ、むむっ」

「ふふ、紅子先輩と私、係長とのセックスが忘れられないんです……沙由美ママには黙っていますから、今夜は三人で楽しみましょうよ」

そう言って三野の手を取り、みずからの姫口へと招いた。

「い、いかん！　そんなこと……許されないッ！」

とっさに手を引く三野だったが、雪乃は、

「大丈夫、誰にも言いません。お願い、紅子先輩と一緒に可愛がってください」

ふたたび、秘唇へと手を導いた。

クチュリ……と粘つく音が室内に響く。

「あん……係長の指が……」

大面鏡には、三野の指が雪乃の女唇をいじる姿が映しだされた。

グチュッ……クチュリ……。

「あううんっ」

雪乃の体がビクッとたわんだ。

「係長、雪乃さんだけじゃなく、こちらも」

紅子も三野の空いた手を取ると姫口へと導いた。ついでに乳首を口に含ませる。

指は濡れた粘膜をこじ開け、ゆっくりと入ってきた。

ヌル、ヌルヌルッ……。

「あ……はあ！」

紅子は立ったまま、太ももをよじらせ、尻を痙攣させる。

おそらく中指一本だろう。本来なら、薬指も一緒に挿入してほしいが、もう少し経ってからせがんでみよう。

「係長、もっと……奥までください」

Gスポットが軽くノックされる。

グチュッ……グチュチュ……ッ。

「ああ、あああっ……いいっ」

「こっちも、気持ち……いいですっ」

紅子と雪乃はガクガクと内ももや尻を震わせながら、三野の愛撫に身をのけぞらせた。

「べ、紅子くん……雪乃くん……ぼ、僕は……」

紅子の乳首を吐きだした三野は、戸惑いを隠せない表情で、しかし、その指は求められるまま蜜壺の中を蠢いている。

「大丈夫です。係長が沙由美ママとの再婚を望んでいるのは十分承知です。だからこそ、最後に抱いてほしい……係長にも気持ちよくなってほしいという、部下ふたりからのエールです……あぁっ」

とっさに、もっともらしい言葉を告げた。

三野の戸惑いを消し去り、あの激しくも狂おしいセックスをもう一度味わうには、こんな言い回しがベストだろう。

「わ、わかったよ。ここまでして僕を応援してくれるとは……」

三野はふたりの蜜壺から指を引きぬき、ゆっくりと立ちあがった。

「さあ、こっちの寝室へ」

ソファーの後ろにある引き戸を開けた。

3

「ここでも、いいかな……」

三野は照れ臭そうに告げた。

八畳ほどの和室には布団が敷いてあった。

引き戸を閉め、枕元にある和風スタンドを灯すと、室内は温かみのあるオレンジ色の光に包まれた。

「ふかふかのお布団ですね」

雪乃が行儀よくひざをついて掛け布団を撫でる。

肉づきのいいヒップは、同性から見ても魅力的で、無防備な分だけエロティックだ。

「あ、ああ……実は、紅子くんにアドバイスを受けた日から『自分を変えよう』とおもって、思いきって寝具も一新したんだよ。ほら、上質な睡眠は健康にも仕事にも影響するっていうだろう？」

「さすが、三野係長だわ。一を聞いて十を実践する男ね」

紅子がほほ笑みながら三野の下半身を見ると、股間が苦しそうにいきり立っている。

カリの張った雄々しいペニスが、紅子の脳裏によみがえった。

「係長、ここで雪乃さんと私を抱いてください。早くお洋服を……」

「あ、ああ……わかった」

三野は素早くTシャツとジャージを脱ぎ去った。

素っ裸になると、肉厚のカリが目立つ雄々しい勃起が、オレンジ色の照明に照らしだされた。

すでに鈴口から滲んだ透明汁が、だらだらと肉幹にしたたっている。

「ああ、逞しいわ……係長のオチ×チン」

紅子は吸いよせられるように、三野の前にひざまずき、急角度に猛るイチモツを、そっとにぎった。

「熱い……ドクドクしてる……」

紅子がうっとり呟くと、

「先輩、私も一緒に……」

横から雪乃の手が伸びてきた。

肉竿をにぎる紅子の邪魔にならぬよう、大ぶりの亀頭を撫でまわしている。

ニチャ……ニチャ……ッ。

「ううっ……君たち……ああっ」

三野は立ったまま、太ももを震わせた。

紅子が軽く怒張をしごくと、勃起はさらに硬さを増してきた。

(ああ、早く咥えたいのに……雪乃さんと打ち合わせしておくんだった)

紅子の心境などどこ吹く風、ほろ酔いの雪乃は、陰嚢にも手を伸ばしてきたではないか。

イチジクのようなタマ袋をやわやわと揉みしだいている。

「うぅ……雪乃くん」

「係長……気持ちいいですか？　私、あれから勉強したんですよ。江戸時代にも、こうして遊女二人と楽しむ男性がいたようですね」

そう目を細めると、真っ赤に張りつめた亀頭をぱくりと咥えこんだ。

「むうう……雪乃くん」

そのまま唇をすぼめ、カリ首をチュッと吸いあげる。

「くうっ……うう」

「ああ……石鹸の匂いがします。それに、しょっぱいお汁がいっぱい出てきました……美味しい」

汗で頬に張りつくボブヘアを搔きあげ、顔を右へ左へと傾けながら、雪乃は咥えこんだ亀頭を舐めねぶる。

チュパチュパと響く唾液の音が、室内の空気を淫靡に塗り替えていく。

やがて、胴幹を握っていた紅子の手にも舌先が当たった。

（もう、雪乃さんたら……）

紅子は思わず手を引っこめた。

悔しい気持ちとともに、全身がカッと熱を帯びていく。

しかし、その反面、男根を頬張る雪乃の横顔がとてつもなくエロティックで、その艶めかしい顔にじっと見入ってしまう。

会社ではキュートで愛らしい雪乃が、こんなセクシーな表情をするなんて——。

紅子の子宮がジュン……と疼いた。

先ほど蜜壺をいじられてから、体は些細な刺激にも淫らな反応をしてしまう。

雪乃は紅子の存在など忘れたかのようにペニスをねぶり、陰嚢をあやしながら、肉棒をのど奥深くまで頬張った。

「おお、気持ちいいよ……雪乃くん……」

三野のうなりが頭上から降ってくる。

それに気をよくしたらしく、雪乃は唾音をズチュズチュと響かせながら、なおも首を打ち振った。

唇がめくれ、唾液がライトに反射する。

ゆさゆさと揺れる雪乃の乳房の先端は、ツンと乳首が尖り立ち、紅子の淫心を煽ってくる。

（ああ、もう我慢できない……）

紅子は、一心不乱にフェラチオする雪乃の汗ばむ背中に触れた。

「雪乃さん、交代よ。次は私にさせて」

「え……も、もう交代ですか」

雪乃は名ごり惜しそうに、ペニスを吐きだした。

「ええ、私も我慢できないの。三野係長は布団に仰向けになってください」

紅子の言葉に、三野は鼻息を荒らげて仰臥した。

三野の右向《むこ》う脛《ずね》あたりを両脚ではさむ体勢で座った紅子は、股間に顔をよせる。

「ンン……いやらしい匂い」

最初のフェラチオと同じように、紅子はクンクンと鼻を鳴らした。

かすかな石鹼の香りにオスの汗臭さが混じり、加えて、雪乃の甘やかな唾液の匂いも立ちのぼってくる。

張りだしたカリは、興奮でさらに広がり、真っ赤な亀頭のくぼみから、粘つく透明液が吹きだしている。

「ンン……係長……」

紅子はひと思いに怒張を咥えこんだ。

「うっ」

芯を固めた肉棒は、紅子の上あごと舌を頼もしいほど押し広げてくる。

素早く根元と陰嚢を両手で支え持ち、スライドを浴びせていく。

ズチュッ……ズジュジュ……ッ！

「はあ……係長の……大きくて、硬い……」

紅子は三野と雪乃の視線を感じながら、首を打ちふった。

またいだ三野の脛に股間を押しつけ、ぐりぐりと肉豆をこすりつけていく。

「ン……あぁんっ」

もはや、人目など気にしていられないほど、夢中でフェラチオをしていた。

口内でますます硬さを増していくイチモツが、やがて、自分の女花を割り裂いてくるのだ。それを思うと、フェラチオにも熱が入る。

情熱的な口唇愛撫とともに、クリ豆も押しつけてしまう。

そのうえ、揺れる乳房の先端が、三野の太ももにかすかに当たった。

「紅子くんの……こんなにいやらしい姿をまた見るなんて……ああ、最高だ」

その言葉に、紅子の女唇はさざめいた。

男の興奮は、そのまま女への褒美となる。

「うっ」

突然、三野が唸った。

紅子が顔をあげると、雪乃が三野の左側に横たわり、彼の乳首を舐めている。

「係長……私の愛撫でも感じてくださいね」

まるで紅子のライバル心を掻きたてるように、細い舌先で乳輪を舐め、乳首をはじき、ワキの下までねぶりあげていた。

(雪乃さんたら、なかなかやるわね)

ペニスを頬張りながら、紅子も負けじとスライドを浴びせていく。

パンパンに膨らんだカリ高のペニスに舌を絡ませ、胴幹を手でしごいた。

雪乃が「ンン……はふん」と可愛く喘ぐと、紅子も甘く鼻を鳴らしながら、フェラチオを続けた。

雪乃は明らかにライバル心を煽っている。

むろん、紅子もセックスのテクニックでは負けたくない。

紅子の秘唇はむず痒いほどヒクついていた。

クリトリスが充血し、わずかな刺激でも、敏感に反応してしまう。

硬く尖ったクリ豆を彼の膣に押しつけ、さらにグリグリこすり立てると、甘美な痺れが全身に広がり、絶頂への階段を駆けあがっていく。

(ああっ……イキそう……)

肉棒を咥えながら、紅子は焦燥に包まれた。

ここでイッていいのだろうかと、一瞬、考えてしまう。

しかし、体の動きは止まらない。

すぐにでも達しそうなアクメめがけて、いやらしく腰をくねらせた。

「ヒッ……くううっ」

フェラチオを浴びせながら、紅子は声を裏返らせた。

自分がはしたない女だと思うほどに、エクスタシーが近づいてくる。

そのときだった。

背後からわき腹をくぐった手が、紅子の乳房をわし摑んできた。

「あうっ」

紅子は思わず肉棒を吐き出し、起きあがる。

「ああ、紅子先輩……すごく色っぽい……オッパイも柔らかくて気持ちいい」

いつの間に来たのだろう。ほろ酔いの雪乃が、後ろから乳房を揉みしだいてくるではないか。

男とは違う小さく柔らかな手の感触に、紅子の体は妖しいざわめきを覚えた。

「ま、待って……係長が……」

拒絶の言葉を口にすると、乳首をキュッとつねられる。

「はあっ」

「僕が雪乃くんにお願いしたんだ。レズビアンなんて初めて見るよ。続けてくれ」

三野も起きあがり、高みの見物とばかりに布団の隅であぐらをかいた。

ふたたび、雪乃の手が乳房をすくいあげ、揉みこねてくる。絶妙な力加減が、紅子の淫心を徐々にたぎらせていく。

「紅子先輩……綺麗……それに甘くていい匂い」

乳肌を捏ねながら、雪乃が唇を寄せてきた。

紅子も首を後方に回し、唇を合わせてしまう。

「ン……ンンッ……」

初めて味わう女のキスだった。

驚きや困惑より早く、その甘美ななめらかさに陶然となってしまう。

(雪乃さんたら……もしかしてバイセクシュアル……?)

上司の指示と言えども、あまりにも慣れた口づけだ。

同性経験のない紅子は、最初こそ戸惑っていたが、細くつるりとした舌が差しこまれたときには、いつしか自分の舌も絡みつかせていた。

ニチャ……ニチャ……ッ

布団の端に座る三野の視線を感じながら、紅子は口腔をうねる舌の動きに身を任せる。

抗おうにも、抗えない。男とは違う甘やかな匂いと感触、肌のなめらかさは、まるで媚薬のように紅子を未知の世界へといざなってくれる。

「すごいよ……これほどの美女のカラミを見られるのは最初で最後だろうな。普段はリーダーシップ抜群の紅子くんが、可愛い雪乃くんにリードされる光景も、ギャップ萌えだ」

三野が興奮に声を震わせる。

「係長、では、私が男役で紅子先輩を責めちゃいますね」

微笑を浮かべた雪乃は、そのまま、優しく紅子を仰向けにした。

紅子に覆いかぶさると、Eカップの乳房を絞りあげ、くびりでた乳首をチュッと吸いだした。

「ああ……雪乃さん……」

雪乃のボブヘアが胸元に当たる。優しく乳頭を吸う感触もソフトで夢心地だ。

「先輩……綺麗ですよ。嫉妬しちゃうほど……」

雪乃はもう一方の乳首も口に含み、レロレロとねぶり回してきた。

「あ……ンッ」

あまりの心地よさに胸元をせりあげた。性感がいっそう研ぎ澄まされ、体がとろけるような熱い火照りに包まれる。

「係長、もっと観てくださいね」

三野の視線を十分意識した雪乃は、丸々とした乳房を紅子の乳房に押しつけた。

紅子のEカップ乳と、雪乃の推定Fカップのマシュマロ乳のような乳房が押し合い、ひしゃげ、硬く尖った乳首がぶつかり合った。

「ああ……先輩、気持ちいい」

「ゆ、雪乃さん……私もよ」

雪乃に導かれるように、紅子も乳房を押しつけていた。

互いの乳肉が吸いつき、柔らかに圧されては、形を変えていく。

キュートな雪乃にこんな一面があったとは、紅子も驚きだ。でも、嫌ではない。

いつしか、紅子も雪乃の背中に手を回し白磁のような肌をさすっていた。

雪乃も乳房への愛撫を続けてくる。ソフトながらも艶めかしいタッチ、すべらかな肌触り、女ならでは甘い体臭に、男には抱かない妖しいときめきに浸ってしまう。

このまま、下腹をまさぐられるのだろうかと思ったところで、

「そこまでだ。次は僕が君たちを気持ちよくさせる番だ」

三野が股間をいきり立たせながら、近寄ってきた。

「おお、素晴らしい眺めだよ」

三野は興奮に声を震わせた。

紅子と雪乃は、あおむけの状態で腰の下に枕を置かれ、M字に脚を広げていた。

当然ながら、足元にいる三野にはふたりの女陰がさらされている。

(六つも年下の雪乃さんのアソコと比べられるのは恥ずかしいけど……早く舐められたい)

雪乃とのレズ行為ですっかり昂った紅子は、雪乃のソフトな舌の感触とともに、初めて三野と肌を合わせたときの、とろけるようなクンニリングスを思い出して

いた。

もうすぐあの快楽が味わえると思うと、それだけで下腹が熱く疼いてくる。

「紅子くんは大きめのビラビラがエロティックだな。色も綺麗なピンクで、見るからに美味しそうだ。雪乃くんは、小さめのビラビラが可愛いけれど、クリトリスは大きめでいやらしい。ふたりとも見るからにハメ心地がよさそうだ。まずは先輩の紅子くんから舐めるよ」

三野の言葉に、心で快哉を叫びながら、紅子は脚の力を緩めた。

熱をこもらせた彼の手が、内ももを押し広げた。

クチュ……ニチャ……。

「はううっ」

生温かな舌に女肉を舐めあげられたとたん、紅子は腰を突きあげ、シーツに爪を立てた。

あまりの気持ちよさに全身に鳥肌が立ち、恍惚感に包まれる。

女はここをひと舐めされると、あっけなく陥落してしまう。

少なくとも紅子はそうだ。

女唇は物欲しそうにヒクつき、唇もわなわなと震えていた。

「紅子くんは濡れやすいな……充血した肉ビラがもっと膨らんできたよ」

再びネロリ……と、ワレメがねぶられる。

さきほどよりも硬さを強めた舌先が粘膜をえぐるように責め立ててきた。

「あ、ああっ、はう……ううっ」

舌が蠢くたびに、全身が快楽でこわばり、目を開けていることすらできない。

ダメ、やめて……でも、やめないでと、矛盾した言葉が、体のあちこちで行きかっていく。

「確か、こうされるのが好きだったね」

三野は左右の花弁を口に含むと、チューッと強く吸いあげてきた。

「あ、あああーーっ」

太ももを痙攣させながら、紅子はまたも大きく体を波打たせた。

「覚えていてくれたんですね……」

「もちろんだよ。ほら、またたくさん蜜があふれてきた。感じやすい体だ」

次いで、尖らせた舌先でぬぷぬぷと膣口を穿ってきた。

「ひっ」

紅子がぎゅっと目をつむった。直後、

「係長……私も……もう待てません……早く、舐めて」

隣の雪乃が甘えた声でクンニリングスをせがんできた。

「おお、申し訳ない」

三野は雪乃のほうに体をずらす。

ムチムチした太ももの間に陣取った。

（えっ、もう終わり……？）

中途半端なクンニを浴びせられ、よけいに体が欲しがってしまう。

落胆する紅子の横では、雪乃が嬉しそうに、声を弾ませる。

「係長の丁寧なクンニが忘れられないんです……私、何度も家でオナニーしちゃいました」

と、次の瞬間、

「はぁあああ……ッ！」

雪乃の嬌声が、室内に響いた。

ニチャ……クチュリ……ッ
「はあ、そこ……い、いいです……たまらない……」

紅子が横目で見ると、雪乃は身を震わせながら、みずから乳房を揉みしだいていた。

二十八歳のたわわな乳房は、雪乃が指を沈みこませるたびいやらしく形を変え、先端は赤い実が硬くしこり立っている。

「はあ……はぁ……気持ちいい」

雪乃は瞳を閉じたまま、くぐもった声をあげた。

時おり眉間にしわを刻み、半開きになった口端から、真っ白な歯をのぞかせる。

ピチャピチャという唾音と、乳房を揉みこねながら恍惚に浸る姿は、紅子の目にもひときわ淫靡に映り、女の淫心に火をともし続ける。

（でも、この状態が続くと、蛇の生殺しよ）

紅子は自身の指で、クチュリと肉ビラをめくりあげた。

充血した柔肉はますます蜜を噴きこぼしている。

クリ豆が痛いほど硬く膨らんで、たまらず、中指ではじいた。

「あ……ッ」

ビクッと体が波打った。

（ン……ここでオナニーするなんて――）

横では、三野が熱心に雪乃の秘園を愛撫している。

ほんの数秒が、とてつもなく長く感じてしまう。

「係長……そろそろ私にも……」

クリ豆を転がしながら、紅子は呼びよせる。

優しい三野のことだ。おねだりをしなければ、いつまでも雪乃のアソコを舐めているかもしれない。

「ご、ごめんよ……つい……三人でやるのは、意外と難しいんだな」

「ああっ、係長……もう終わりですか……？」

三野の舌が離れると、とたんに雪乃も落胆の声をあげた。

「でも、本当はもう入れてほしくて……紅子先輩はいかがですか？」

「ええ、本音を言えば、私も欲しいの。でも、順番はどうしましょう？」

紅子がやや高圧的な視線を雪乃に流すと、

「せっかくですから、ウグイスの谷渡りはいかがです？　確か江戸時代からあったはずですよね」

雪乃が恥ずかしそうに提案した。

（ウグイスの……谷渡り……？）

紅子は意味がわからない。

どのような行為だろう。3Pをやろうと言っておきながら、雪乃の性に対する貪欲さに驚かされてばかりだ。

「ええっ……た、確かにあったけど……実は僕、3Pなんて初めてで……ましてや『ウグイスの谷渡り』なんて……」

三野はバカ正直に告白してきた。

「大丈夫ですよ。紅子先輩も私も初めてですから、この際、一気に楽しんじゃいましょう」

4

五分後——。

紅子と雪乃は布団の上で四つん這いになっていた。

(なるほど、これがウグイスの谷渡りね。男性がウグイスで、女性を交互に挿入するなんて……すごくエロティックだわ)

焦らしぬかれた体は、じっとりと汗ばみ、女壺も粘液であふれている。

「ふたりとも丸々とした立派なお尻だ。では、紅子くんから入れるよ」

紅子の尻が引きよせられた。

熱い亀頭が膣口に密着した刹那、三野が腰を送りこんできた。

ズブッ、ズブズブ……ッ!!

「はぁぁあっ、ああっ！」

蜜に濡れた紅子の女肉は、野太いペニスを、何ら抵抗なく呑みこんだ。

欲しくて欲しくてたまらなかったモノが、やっと与えられた。

甘美で凶暴で、この上なく雄々しい男根を、どれほど待ちわびただろう。

「ふうう、キツキツだよ。紅子くんの、ここ」

三野は数回腰を前後させて肉をなじませた。

やがて、抜き差しのピッチをしだいに速めていく。

そういえば、初めてのセックスの際は騎乗位と正常位だった。

バックからの挿入は、初めてだ。

あのときとは、また違った角度で女陰を責めてくる。その圧迫が、たまらなく心地いい。

パンッ、パンッ、パパパン……ッ!!

「あっ、いい……奥まで来てますッ」

肉がそがれ、粘膜が溶けていく。

肉の摩擦が強くなり、密着感も増していった。

気づけば尻を振りたてて「もっと、もっと」と叫んでいた。

「はい、そこまで」

雪乃がストップをかけた。

「紅子先輩ばかりじゃずるいわ。私にも……早く」

根元まで挿入されたペニスが、ぬるりと引きぬかれると、

（え、うそ……）

今の今までふさがれていた膣路が瞬時に空洞になる。

冷気が嬲り、体温を奪っていく。とてつもない虚しさが、紅子を襲った。

隣では、雪乃の弾んだ声が聞こえてきた。

「係長、早くください。早くぅ」

三野は雪乃の尻を引きよせる。

狙いを定めて腰を突き入れた。

ジュブブ……ッ！

「はあぁぁあぁーーっ！」

雪乃が四肢をピクピク震わせて、背を反らした。

「おお、雪乃くんもすごい締まりだよ。まったり絡みつくヒダがいやらしい」

「はあ、係長の硬い……私の膣内《なか》が係長のモノでいっぱいです」

やがて、三野が腰を使いだした。

粘着音とともに、パンッ、パンッ、パンッと肉ずれの音が響きわたる。

一打ちごとに雪乃のボブヘアが乱れ、乳房がぶるんと揺れおどった。

「ああっ、変になるッ……おかしくなりますッ」

ほんの数回、抜き差ししただけで、雪乃は我を忘れたように叫び続けた。

いや、紅子自身も知らずに恥ずかしい喘ぎを漏らしていたかもしれない。

ズブッ……ズジュ……ッ！

「ああっ、はううっ」

四つん這いになったまま、紅子もヒップをくねらせてしまう。

ペニスが雪乃にめりこむごとに、自分にも肉拳を叩きこまれている錯覚に陥ったのだ。

空洞のはずの女壺は熱くただれ、突き入れられた肉棒に膣ヒダが絡みつく。

（いや……アソコが……熱い……）

雪乃の嬌声を聞きながら、紅子は次の挿入のために、身構えていた。

「係長ッ……すごい……はああっ！」

ひときわ大きな艶声が反響した。

雪乃は欲情もあらわに全身を震わせ、愛らしい顔を淫猥に歪めていく。

「イクっ……イキます!!」

見れば、雪乃はカッと目を見開いたまま大きくのけぞり、そのまま布団に突っ伏した。

快楽を訴えるかのように眉間にシワを刻み、顔にかかる髪の隙間から紅子を見つめるが、

「ああ……紅子先輩……」

やがて、力尽きたようにまぶたを閉じた。

ハアハアと肩で息をする姿には、アクメに達した充足感が十分に見てとれる。

「次は紅子くんだな」

三野が紅子の背後にかまえ、尻たぼをつかんだ。

ぐっと引きよせられ、肉棒の先端をワレメに押し当てられる。

ニチャ……ニチャ…ヌチャチャチャ……ッ。

「ああ……係長……」

ぬめる亀頭がワレメをいくども往復するたび、紅子は尻をヒクつかせ、四肢を踏んばった。

男に貫かれる直前はあまりにも甘美で、再び、あの快楽を味わえると思うと、秘唇には愛蜜が滲みでた。

雪乃の激しい絶頂ぶりを目の当たりにしたことで、わずかな刺激でも体が敏感に反応してしまう。

自分はこれほど淫蕩な女だったのかと、期待と羞恥に、発情の生汗が噴きだしてくる。

「紅子くんもたっぷり味わってくれ」

三野は勢いをつけて、雪乃の愛液まみれのペニスを叩きこんできた。

ジュブブ……ジュブブブ……ッ!!

「ひっ、はあぁぁああっ！」

まるで地響きでも起こったかのような衝撃に、女体は大きくたわんだ。

蜜汁があふれているにもかかわらず、鋭い摩擦と圧迫が膣路を襲い、内臓までもが揺さぶられる。

「うう、締まる……紅子くんの膣内《なか》……」

三野は声を絞り、腰を前後させてきた。

最初の衝撃もすさまじかったが、いっそうの力がこめられる。徐々にパワーが増してくる。

尻をつかんでいる両手にも、いっそうの力がこめられる。

パンッ、パンッ、パパパンッ！

「はあぁーーっ、くうーーっ！」

雪乃を絶頂に導いた三野は、さらにオスの野性に目覚めたかのように穿ちまくってきた。

ズブリとぶちこんでは、Ｇスポットを逆なでしながら、荒々しく引きぬいていく。

肉の鉄槌を浴びせては、背筋に鳥肌が立つほどの心地よさで甘美な摩擦をよこしてくる。

「はああっ、いやああっ」

紅子は叫んだ。

絶妙なタイミングで強弱と緩急を繰り返される感触は、さながら麻薬だった。

逃げたくとも逃げられない。

まるでアリ地獄に陥ったように、もがくほどに落ちていく。いや、真綿で首を絞めるように、ゆっくり、ゆっくりアクメという高みに吊り上げられると言ったほうが、ふさわしいか――。

しかし、三野はどこまでも紅子のアクメをお預けした。

もう少しでイキそうになるというところを見計らい、腰のピッチをスローダウンしてくる。

「お、お願い……係長……ッ！」

気づけば叫んでいた。

一回目とは違う、どこまでも焦らしぬかれる行為に、欲情も興奮も増していく。

はしたないと思いつつも、

「ああっ、んんーっ！」

紅子は鼻奥で悶えながら、腰を揺すった。

ずぶっ、ぬちゃっ、とあられもない水音が響き、ペニスを呑みこんでいる。

互いの粘膜の摩擦が激しくなり、密着感が増していった。

貫かれるたび、痺れるような甘い快美感が体内を駆けぬけ、髪の毛一本までもが発情していく。

流れる体液とともに思考も漏れでて、肉の悦びのみに支配されていく。

「ああっ、もうだめっ、はあぁああーっ！」

隣で雪乃がいるにもかかわらず、紅子は髪を振り乱し、腰を前後に振りまくった。

男根を受け入れられる限界の位置を、さらに超えてしまったかと思えるほど、深く深く怒張を味わおうとする自分がいる。

今にも燃えつきていきそうな錯覚の中、エクスタシーが迫ってくる。

「はああっ、もう少しでイキますッ……係長、今日は膣内《なか》に出してッ」

ひっ迫した口調に、三野も今までと違うものを感じたらしい、一打一打、的確に膣肉をえぐり立ててきた。

硬直する体とは裏腹に、四肢は今にも崩れそうに震えだす。

熱い塊が怒濤のごとくヴァギナを侵食し、狂わせ、絶頂への階段を猛スピードで駆けのぼっていく。

「あああっ、イキます、イクッ……ああーーーっ、はああーーーっ！」

見開いた瞳をギュッとつむった直後、火花が散り、悦楽の炎が脳天まで突きぬけた。

「ううっ、うおぉおおっ」

三野も叫ぶ。

渾身の連打を浴びせる男根に、紅子の五体が跳ね躍った。

とどめともいえる鋭い一撃が叩きこまれた直後、

ドクッ、ドクッ、ドクドクドク——!!

目もくらむような激しいエクスタシーに襲われたのち、三野の熱い精液が、紅子の膣奥深くで勢いよく噴射された。

第六章　ママの唇

1

午後五時、四谷のイタリアンレストラン――

「三野さん、今日はお食事にお誘いくださり、ありがとうございます」

円形テーブルの斜め前に座った沙由美が、涼しげな瞳を細め、優美にほほ笑んだ。

孔雀青《くじやくあお》の着物をまとう姿は、たおやかでノーブルな美貌をいちだんと際立たせている。

高い鼻梁、ふっくらとした唇、卵型の小顔――結いあげた髪からはほのかに甘い香りが漂い、おくれ毛が散る細く白いうなじに釘付けになってしまう。

思わず見惚れてしまう三野だったが、努めて冷静さと大人の余裕を心がけ、ワイングラスをかかげた。

「いやいや、こちらこそありがとう。今夜は同伴できてよかった。まずは乾杯しようか」

「はい」

ワイングラスが澄んだ音を立てた。

沙由美は洗練された手つきでグラスを口元に運び、ひとくち味わい「フルーティーで美味しい」と上品な笑みを浮かべる。

「先日お借りした『太閤記』のＤＶＤもありがとうございました。高橋幸治さんの信長、とてもクールで素敵でした。あの時代はまだモノクロだったのですね」

「ああ、放送されたのは昭和四十年、東京オリンピックの翌年だからね。オリンピックのおかげで一般家庭にもテレビが普及したんだ。で、高橋幸治の信長と主人公秀吉役の緒形拳は好評で、一九八七年の大河ドラマ『黄金の日日』でも信長と秀吉を演じているんだ。そっちのほうは小学生だったから夢中になって観ていたよ」

大河ドラマの話をしている間も、三野は気が気でならない。シャンデリアがきらめく店内で沙由美に心ときめかせながらも、伝えるべき事柄をいくども復唱していた。

(ママが一番安心する伝え方をしなければ)

昨夜の３Ｐから一転、三野は表情を引きしめた。

「今日、ママを同伴に誘ったのは、大切な話もあったからなんだ」

三野は、運ばれてきたシーザーサラダやカルパッチョを小皿に取り分けながら告げた。

「大切な話……？　なんでしょうか？」

沙由美は結論を改まったように、姿勢を正す。

「まずは結論から話すね。実は……以前、二次会で僕と一緒にママの店に行った女子社員が、偶然、ママとガタイのいい男性が店の前で揉めているのを見たと言ってね――」

「えっ」

「あ、その……彼女、立ち聞きするつもりはなかったんだよ。やりとりが耳に入ってしまったようで……で、その男性が別れた元ご主人だと知って、心配して教えてくれたんだ」

唐突な話題に、沙由美は当初、言葉を失っていたが、「それは、お恥ずかしいところを——」と頭をさげる。

「いや、そういう意味じゃなくて……立ち入ったことを聞くけれど、元ご主人に融資の件をお願いされているよね？　僕はママの力になりたいから、無礼を承知でこの話をしているんだ」

「融資……ですか」

最初こそためらっていた沙由美だが、「そこまで三野さんが心配してくださるなら」と、打ち明け始めた。

「……おっしゃるとおり、元夫が私名義で銀行からお金を借りてほしいと店に来まして……」

「それで……ママは？」

「もちろん、彼に協力するつもりはないと言いました。こんな話、恥ずかしいのですが……あの人、以前、脱税が見つかったんです」

「脱税？」

「はい、同居していたとき、自宅マンションに二度もマルサに入られて……」

そのときの思い出がよみがえったようで沙由美は肩を震わせた。

「マルサに……」

これは初耳だ。

三野は気を落ち着かせるために、水をひとくち口に含んだ。

沙由美は続ける。

「主人、そのあとは金融関係のブラックリストに入ったようで、銀行はもちろん消費者金融からも借りられなくなったみたい……相当に追い詰められていたんです。もう彼の名前でビジネスはできない。離婚後の数年は音沙汰がなくて、ビジネスパートナーを見つけて仕事をしていたようです。それが、なんらかの理由で切れてしまったんでしょうね。だから、また私を頼ってきたのだと思います。要するに私を金づるにしようという魂胆です」

最初こそ言葉少なだったが、話し始めると、堰を切ったように沙由美は事情を打ち明け、元夫への不満を言いたてた。

「マルサが来たときのことは、今でもはっきりと覚えています。思いだしても怖い……。早朝、マンションのチャイムが鳴って『東京国税局、査察部です』って……。お財布事情は、夫婦別だったんですが、私まで容疑をかけられていたようで……。夫がドアを開けると、いきなり十名ほどのスーツ姿の男女が入ってきたんです。一度目はまだ着替えや化粧の時間を与えてくれましたが、二回目ともなると、女性の査察官が私の寝室まで入ってきて『ここで着替えなさい』と……。おそらく、大事な書類などを隠すと思ったんでしょう。屈辱的な思いで彼女の前で裸になりました。そのあとは、男性査察官も交えて、部屋中を引っ掻きまわすように、クローゼットや下着類はもちろん、パソコンの中身や店の顧客名簿までくまなく調べられたんです」

当時のことを話す沙由美の目には、うっすら涙がにじんでいた。

「……私が浅はかだったんです。店の経営で手いっぱいで、夫がなんの事業をしているかも、どのようにお金が回っているかも、すべて夫任せにしてしまって……」

沙由美はバッグから取りだしたハンカチで、目頭をぬぐった。

「申し訳ない、つらい過去を思いださせてしまって……」

罪悪感に駆られながらも、彼女が落ち着くまで待った。そして、

「ただ、安心してください。うちの女性社員が、元ご主人と親しくなって、ママに絶対迷惑をかけないよう、説得に当たっています」

「説得……？　どういうことですか？」

「えぇと……詳しいことは後日その部下から聞くとして、彼が今もくろんでいるダークな仕事もやめて更生させると言っていました。だから、少し時間はかかるかもしれませんが、ママへの負担はかけませんし、僕も力になりますから」

三野の話を聞いて、沙由美は「そこまでして頂いて、ありがとうございます」と頭をさげたものの、不安は去らないようすだ。

(口が裂けても言えないよな……美波くんがママの元夫に惚れて男女の関係を持ち、現在、あの手この手で恋人兼説得役になっているとは)

たとえ別れた夫であっても、男女の仲になったことを沙由美に告げるのはためらわれた。

「あの……まだ頭の整理ができないのですが、三野さんの部下の女性が、夫に……高瀬に真面目に働くよう説得してくださっているのですよね。なぜ、危ない橋を渡ってまで、あの男を……？　いったいどなたが……？」

沙由美はごもっともな質問を投げかけてきた。

確かに、数回遊びに行ったクラブのママを助けようとするなど、どんな事情があるのかと、誰もが首をひねるはずだ。

「じ、実は……」

三野は言葉に詰まった。

部下たちが三野の恋路を応援してくれているとも言えない。

「それは……ええと……」

口ごもっていると、沙由美のバッグからスマホの着信音が鳴った。

三野はこれ幸いと、「どうぞ出てください。お客さまかもしれませんから」と、ホッとしたように通話を促す。

「すみません。では、お言葉に甘えて」

沙由美は腰をあげ、少し離れた場所に立って話しこんでいる。

（とりあえず、よかった……でも、この話題は、どのような言い回しがベストだろう……）

しばらくして、沙由美が戻ってきた。

「失礼しました。チーママから、八時にお客さまが来るとの連絡でした」

「それは良かった。今日も商売繁盛ですね」

三野はあえて明るく返答する。

「だといいんですが……で、先ほどの件ですが……あら、どこまで話していたんでしたっけ？」

沙由美は小首をかしげた。

ワインの酔いも少しだけ回ってきたようだ。

艶やかな唇がふっくらとシャンデリアの灯を浴びている。

「え、ええと……僕の部下が元ご主人に、まっとうに生きるよう、アドバイスをしてくれる話です。ああ、思い出した。ママは多くのお客さまを相手にしているから忘れたかもしれませんが、その部下の女性は……確か、ママに恋愛相談をして、とてもいいアドバイスをもらったと喜んでいましたよ。そのお礼もかねて、ママの力になりたいんじゃないでしょうか？　ははっ」

苦しい言い訳だが、沙由美は「まあ、そうでしたか……」と、それ以上、訊いてこなかった。

さすが、人との距離感をきちんと保っているママならではの気遣いだろう。

ただ、もうひとつだけ気がかりなことがあった。

万が一、美波が説得に失敗したときの逃げ道だ。

物事には、最悪の事態も想定しておかねばいけない。

(可能なら、引っ越しとスマホの買い替えだな……せめて引っ越しだけでもさせ

てあげたい)

以前、物件を見に来た客の中に、元恋人や元配偶者に付きまとわれているから、早急に引っ越し先を決めたいと、飛びこんできた者が何人もいた。

人間は納得して別れても、なにかの拍子——例えば、元パートナーの再婚や新しい恋人の出現、仕事での成功や社会的なポジションアップなどを知ると、とたんに豹変し、ストーカー化する例もあるという。

(美波くんの話では、ママと懇意にしている男性はいなそうだが、元夫は金に困り窮地に立たされているからな……)

沙由美の優しさにつけこんで、執拗に付きまとうなどの嫌がらせも予想された。

(どう言うべきだろうか……)

チラリと沙由美をみれば、運ばれてきたフィレ肉に、スッとナイフを入れている。

薄桃色のネイルで飾ったほっそりした指がたおやかだ。

この手に触れたいと何度思ったことだろう。

(よし、ここははっきり伝えよう)

三野は表情を引きしめた。

「ママ、ひとつお訊きしたいことがあるんです」

「なんでしょうか？」

「元ご主人は、現在のママの住まいをご存じですか？」

「はい、知っています……実は、先日店に来た時点で、その後、自宅にも来ないかと毎日ひやひやしていて……プライベートの領域まで監視されているのではないかと、夜もゆっくり眠れないんです」

「差し出がましいようですが、万が一のことを考えて引っ越しをしませんか。物件は僕が責任を持って探しますから」

「引っ越し……ですか？」

沙由美は料理を口に運ぶことも忘れて、目を見開いた。

「部下の話では、元ご主人はそうとうお金に執着のある方ですね？」

「……はい、ビジネスが軌道に乗ったときは、かなり裕福な暮らしをしていましたから、それが忘れられないのでしょう。人間、生活のレベルを落とすことはなかなか難しいですから」

沙由美は自身にも言い聞かせるように告げた。

「部下は、ママが元ご主人の口車に乗せられて、取り返しのつかない事態になることを懸念しています。僕だって心配だ。引っ越し費用などは僕が面倒を見させてもらいますから、どうか、お願いします」

三野は頭をさげた。

「三野さん……なぜ、そこまでして私を……？」

「ママを大切に思うからです。僕は離婚した二年前から、公私ともにボロボロでした。しかし、そんな僕を救ってくれたのが、ママの笑顔だったんです。店に行くたび、にこやかにもてなしてくれる沙由美ママにどれほど励まされ、救われたか……。だから、今こそ、ママの力になりたいんです」

きっぱりと伝えた。

ママを大切に思うから——まさにそうだ。

沙由美ママに会いたいと、二年間、定期的に店に通い続けた。雪乃のアドバイスを受けてからは、下心をいっさい見せることなく、「応援団」として味方になった——。

最初こそ、ためらっていた沙由美だったが、

「わかりました。新宿三丁目の店に通いやすい場所で、お家賃もお手頃な物件を探してください」

沙由美の言葉に三野はうなずいた。

「念のため、弁護士の後ろ盾が欲しいな。ご主人と離婚の際、お世話になった弁護士はいますか?」

「はい、新大久保に離婚調停でお世話になった弁護士の先生がいます」

「じゃあ、その弁護士とも連絡が取れるよう、再度パイプをつないでおいてください」

「わかりました」

沙由美は心を決めたように、表情を凜とさせた。

翌日、三野はさっそく行動した。

自分が住んでいる高円寺近辺にある手ごろな物件を数件提案したのは、なにかあったとき、すぐに駆けつけられる場所であることに加え、野方警察署や杉並警察署も近く、安全なエリアだと思ったからだ。

新宿経由で店にも短時間で行ける。

タクシーを使用しても二千円ほどだ。

沙由美の内見にも同行し、決まったのは高円寺駅から徒歩五分の2LDKのマンション。

知り合いを通じて引っ越し業者を紹介し、無事、引っ越しも完了した。

ただ、スマホの番号を変えることはやめさせた。

「相手が自分を拒否している」と感じたとたんストーカー化するという話を、紅子が教えてくれたのだ。

区役所では、新住所が知られるのを懸念し、住民票の閲覧を拒否する手続きもアドバイスした。

あとは、美波の説得の成功を願うばかりだ。

「ありがとうございます。三野さんには本当にお世話になって……」

未開封の段ボールがいくつか残る新居で、沙由美は深々と頭をさげた。

「い、いや……とんでもない」

三野は目のやり場に困惑した。

今日の沙由美は、カジュアルなスキニーパンツにサマーニット姿だ。

いつもは着物の下に隠れていた、意外にも豊満な尻や、盛り上がる乳房があらわになり、ドギマギしてしまう。目を泳がせながらも、

「あ……あれから部下に聞いているんだけど、元ご主人は、やはり新しいビジネ

スへの思いが強いようですね。彼の性格上、手っ取り早く稼ぎたいのでしょう……部下は、なんとか改心するよう、その後もあれこれとアドバイスしているようですが」

「そうですか……」

沙由美は肩を落とす。そしてハッとしたように、

「もしかしたら、融資の件はその部下の女性にも、お願いしているんじゃないでしょうか。夫は『使えるものなら親でも使う』が口癖でしたから」

心配そうに告げた。

(美波くんに融資を……?)

とたんに不安が押しよせてきた。

好きな男ためなら、罪を犯してでも金を工面する女性は、世の中にごまんとある。

(たしか、美波くんの実家は八王子にあるバイク用品や整備を請け負う会社だったな。四人の兄姉がいる末っ子で、七人家族。ふたりのお兄さんも家業を手伝っていると聞いた。規模はわからないが、一応、社長令嬢だ)

一難去って、また一難か——。

三野は不安そうに顔を曇らせる沙由美に「最善の方策を一緒に考えよう」と言うのが精いっぱいだった。

2

沙由美からその電話がかかってきたのは、引っ越しから四日後だった。

午後九時過ぎ、

「三野さん、夫の高瀬が客として店に来ているんです」

「えっ」

「融資の件を断ったら、『これから時々店に行く』と、実は夕べも来店して……」

「そんな……完全な嫌がらせだ。弁護士には相談したんですか？」

三野は数人の残業仲間がいることも忘れて、大声をあげた。

「はい……すぐに相談しました。でも、『ガラの悪い連中が四、五人で来て、他のお客さまの迷惑になるような飲み方をするなら業務妨害として認められるけれど、ひとりで静かに呑んでいる分には、こちらも手の打ちようがない』と言われて……」

通話口からため息が漏れてきた。

「僕が今から店に行きますから」

通話を切ってオフィスを出ると、三野はすぐさまタクシーを捕まえ、クラブへと向かった。

新宿通りは渋滞しており、途中で降り、裏道を小走りで進む。

紅子に訊くと、美波は「高瀬が更生するよう、自分なりにしっかりやっていますから」の一点張りだと教えてくれた。

(まさか客としてくるとはなあ……どこまで執念深いんだ)

いや、金のことばかりではない。

もともと惚れ合って結婚したふたりだ。

なにかの拍子に、愛が再燃する恐れも十分考えられる。

金のことも心配だが、心優しい沙由美が情にほだされ、元のサヤに収まってしまうことのほうがよほど怖かった。

(美波くん、頑張ってくれよ……)

焦れる気持ちを押し殺して、店のドアを開けると、

「いらっしゃいませ」

ホステスのはしゃいだ声が響く。

黒服にカウンター席に通されるなり、「三野さん、いらっしゃいませ」とわずかに頬を引きつらせた沙由美がしずしずと歩みよってきた。

撫子《なでしこ》色の着物がいつにもまして愛らしかったが、それを口に出す余裕はない。

いつものようにおしぼりを渡され、スコッチのボトルと水割りセットがカウンターに置かれる。店内は三割ほど、埋まっていた。

「あの奥の席に座っています……」

沙由美が小声で目くばせをする。

大きな飾花の向こうを見れば、グレーのシャツを着たガタイのいい中年男性が、ロックグラスを傾けている。

いかつい面相は、美波が言ったようにVシネマに出てもおかしくないコワモテづらだ。

(アイツか……)

衣服の上からでも、胸板の厚さや腕の筋肉が見て取れる。

気づけば、三野の腹の底から苛立ちがこみあげていた。

沙由美を精神的に追い詰めていることに加え、嫉妬心も湧いてくる。

あの手で——あの腕で沙由美を抱きしめ、体中をまさぐったのかと思うと、黒々とした感情が胸の奥で渦巻いている。

ダメだ。こんなときこそ冷静にならねば——自分にそう言い聞かせる。

「三野さん、いらしてくれてありがとうございます。まずは乾杯」

「あ、ああ……」

沙由美と乾杯をして、しばらく高瀬を観察した。

隣に座るホステスが、場を盛り上げようとけなげに話しかけているようだが、高瀬は寡黙に呑み、時おり、鋭い視線を沙由美に向けてくる。隣にいる三野まで監視されている気分だ。

「あの調子で店に来られたのじゃ、たまらないな」

「はい……事情はチーママにだけ話したのですが、他のホステスには知らせていませんから、女の子たちは、普通のお客さまだと思っているようです」

「呑み代はちゃんと払ってくれてるのかな？　売りかけはさせてないよね？」

「ええ、昨日は現金で。ボトルを入れても五万円ほどですから、多分、今日も大丈夫だと思います」

「引っ越し先がバレている可能性は？」

「さすがにそこまでは、わかりません……ただ、タクシーに乗るときは、かなり気をつけています。あまりにも精神的にキツくなったら、チーママに相談して、出勤日数を減らしてもらうことも考えています……」

小声で話していると、黒服が「失礼します」と割り入った。

「ママ、高瀬さまがお帰りです」

「えっ、もう……まだ一時間も経っていないのに」

沙由美は困惑と安堵の入り混じった表情で「お見送りに行ってきますね」と席を立った。

次の瞬間、沙由美の手が三野の背中に触れた。

（あっ……）

柔らかな手だった。

まるで「私を守って」とでも言いたげだ。

沙由美は意図しなかったのかもしれないが、三野は少しでも自分を頼ってくれようとする気持ちの表れだと、勝手に感じてしまう。

（僕が守りますよ……なにがあっても……）

高瀬のテーブルを見るともなしに見ていると、現金で払っているのが見えた。

どうやら金はあるようだが、これが初期投資として詐欺師や悪徳商法が使う手とも思えてしまう。

支払いを終えた高瀬は、ボックス席から立ちあがり、そのましっかりした足取りでエントランスへと向かう。

三野の座るカウンター横をとおる際、チラリと見あげたが、高瀬はさして気に留めるでもなく去っていった。

――閉店後、三野は沙由美とともに店を出て、送りのタクシーに乗車する。

周囲を慎重に見わたし、後続車も気にしながらの乗車だったが、少しでも沙由美の力になれていることが嬉しかった。

「三野さんがいてくださり、心強いです……」

沙由美のか細い手が、太ももに置かれた三野の手に重なってきた。

（えっ）

柔らかな手は、そのまま三野の手の甲をきゅっと握りしめてくる。

三野は手の甲をくるりと返し、すがるように置かれた沙由美の手を固く握りかえす。

「大丈夫だから……ちゃんと守るから、安心してほしい」

やがて、沙由美のマンション前にタクシーが停まった。

タクシーの運転手に「ドア前まで送ってくる」旨を告げて、二人で降車する。

エレベーターで五階まであがり、ドアの前まで行くと、

「戸締りはちゃんとして、ドアチェーンもかけて、ゆっくり休んでね」

そう笑顔で告げた。

「三野さん……ありがとう。心から感謝しています……」

沙由美は深くお辞儀をして、潤んだ瞳で見上げてきた。

先ほどまでにぎっていた手のぬくもりが、ぶり返してくる。

(こんな不安なときでも、なんて美しいんだ……)

思わず沙由美を抱きしめたい衝動にかられてしまう。

両腕がプルプルと震えたが、苦渋の思いでとどまった。

ここで下心を見せてはいけない。

自分はあくまでもママを守る騎士《ナイト》に徹せねば、沙由美をさらに怯えさせることになる。

「じゃあ、おやすみ」

踵を返してタクシーに乗り、自宅へと向かった。

(明日からも、大変だな……)

三野はほろ酔いの体をシートに沈めた。


その後、沙由美からは毎晩メールが届くようになった。

——今夜、高瀬は来ませんでした。二十三時ごろお客さまが途切れたので、早上がりさせてもらって、もう自宅です。

——今、高瀬が来ていますが、ご心配なく。店の若いホステスと盛り上がっていて、私は別のお客さまの接客をしています。

高瀬の動きは、リーダー格である紅子にだけ告げていた。

(紅子くんのことだ、おそらく雪乃くんや美波くんにも伝えてくれているだろう)

それからの一週間、高瀬は不定期に来店しては一時間ほど呑んで帰ることを繰り返していたらしい。

嫌がらせとしか思えない彼の行動は、なにかとてつもないできごとの前触れにも思える。

三野の予想どおり、恐れていたことが、ついに起きてしまった。

引っ越しから十日目、三野が沙由美と店を出たところで、大柄な男が立ちはだかった。

「よお、沙由美、お前、この男とデキてんのかよ」

高瀬だった。

ろれつの回らない口調からして、かなり酔いが回っているようだ。

三野は一歩前に出て、沙由美を後方に庇うや、

「高瀬さんですね。僕は三野と申しますが、ただの客です」

毅然と告げた。

「俺はてめえじゃなくて、沙由美と話してるんだ。邪魔するな！」

高瀬がドスの効いた声で、三野の背後にいる沙由美の肩をつかもうと腕を伸ばした。

「やめろ！」

三野は沙由美を守るべく、両手をひろげる。

草履の脚をもつれさせながらも、沙由美はなんとか逃げきって、近くの車の陰に身を寄せ、それを高瀬が追いかける。

「やめろったら！　ママには手を出すな！」

三野が高瀬の胴部を抱きかかえるようにして制すると、高瀬は思いきり振りあげた右手のひじで、三野の脇腹を強打した。

「ううっ」

三野が腹を押さえてうずくまる。

「三野さん！」

「沙由美ママ！　警察に連絡を！」

沙由美はバッグからスマホを取りだすも、震える手はうまくボタンを押せずにいる。

あたりに人通りがあるが、皆、酔っ払いのケンカなどに関わりたくないのだろう。見ないふりで通り過ぎていく。

と、突然、凄まじいエンジン音が轟いた。

道にうずくまったまま、三野が見上げた先には、一台のバイクがヘッドライトをまばゆく照らし、猛スピードで突進してくるではないか。

「うおおっ」

三野が叫んだ。

逃げようとして尻もちをついた高瀬とともに、周囲からも悲鳴があがる。

そこにキキーーッと轟音を立てて、大型バイクが停まった。

二人乗りのライダーだ。

フルフェイスのヘルメットをかぶり、人相はわからない。

運転手がエンジンを止め、サイドスタンドを立てて降りてきた。

次いで、後部座席の人物も飛び降りる。

「間に合った！　三野係長！　高瀬さん！」

ヘルメットのシールドをあげたその女性は、美波だった。

メガネはしていない。

ヒップラインもあらわな皮のパンツにライダーズジャケットを羽織り、運転してきた男の手を引いて歩いてくる。

「……美波くん、どうして……？」

「美波……お前、なんでここにいるんだ？」

三野と高瀬が同時に声をあげる。

「おい、高瀬、久しぶりだな」

美波に腕を引かれた長身の男がメットを脱いだ。

年齢は五十代だろうか。鋭い目つきと額のそりこみは、ダークな男を匂わせる風体だ。

三野は肘鉄を食らった脇腹を押さえたまま、茫然としていた。

（いったい誰だ？　高瀬とも面識があるのか――？）

男はライダーブーツを踏み鳴らしながら、近寄ってくる。

そして、高瀬の前にしゃがみこんだ。

「も、もしかして……横川……先輩……？　八王子のA高校の……」

真正面から見て、やっと理解したのか、高瀬が相手の名を呼んだ。

（横川……？）

三野が聞きなれた名前だと思った直後、

「お前、四十近くなって、まだやんちゃやってんのか。このドアホが！」

怒声とともに、横川は高瀬の脳天に思いっきりゲンコツを見舞った。

「す、すみませんっ……もしかして……先輩は、美波……さんの？」

高瀬は脳天を両手で押さえながら、詫びを口にする。

「オヤジだよ！」

そう怒鳴った。

「えっ！」

高瀬はもちろん、三野も言葉を失った。

車の陰からは、沙由美が心配そうに見つめている。

周囲の驚きをよそに、メットを脱いで、髪を手ぐしで整えた美波はえへへと笑った。

「実は、紅子先輩から報告を受けて、ひそかに高瀬さんと三野係長の行動パターンを探っていたんですよ。ねえ、パパ？」

愛娘に言われて、横川は真正面の高瀬を、さらに鋭くにらみつける。

「ああ、美波に『今度のカレなの。でもちょっと困ったことがあって……』ってスマホの画像を見せられたときは、正直、面食らったよ。八王子のヤンキー校で有名だったA校の後輩とはな。卒業しても結束が固いのは、てめえも知ってるだろう。やんちゃしてた奴らは今も縦のつながりがある。てめえの先輩連中も、皆、俺の舎弟みたいなもんだ」

「は、はいっ。すみません！」

高瀬は反射的に土下座し、頭を道にこすりつける。

「今回は美波が惚れた男と言うことで、大目に見てやる。で、美波から聞いたんだが、おめえ、仕事に困ってるんだって」

「えっ、いや……今は少しばかり事業が不調ってだけで……大丈夫ですよ」

高瀬は虚勢を張るように声を大きくした。

横川は苦笑し、高瀬との距離を縮める。

「おい、先輩に見栄を張らなくたっていいよ。金に困っているんだろう。金に困るのは恥ずかしいことじゃない。恥ずべきはな、自分の失敗を他人に尻ぬぐいさせることだ。ママさんは、おまえが守らなきゃいけない人だったんだぞ。その人を守れなかったどころか、苦しめてどうするんだ」

「い、いや、おれ……」

「おれらは若いころ、悪さばっかりしてた。てめえの時代もそうだったかもしれない。ケンカなんかしょっちゅうだった。でもな、女と子供とか弱い奴らは相手にしなかったぞ。偉そうにしている鼻もちならねえ奴らの鼻っ柱をへし折ってやっていたんだ」

「先輩……」

高瀬は言葉を切り、首を垂れた。

横川は高瀬の前にしゃがんだまま、ふっと笑みを浮かべる。

「うちで働かないか？　バイクショップをやっているんだ。バイク好きが高じてバイクで飯を食っているってわけさ。これでも、八王子や多摩地区に六店舗持っているんだぜ。おまえも、毎日、呑んだくれて、お天道様の下をまともに歩けないバカをやってる年じゃねえだろう」

「は、はあ……」

高瀬は頭を垂れたままだ。

「お前もバイク好きだったんじゃないか？」

「は、はい……大型免許も持ってます！」

「なら、話は早い。明日、八王子のうちの会社に来い。一から汗水垂らして働いてみたらどうだ。おれはまだまだ店を拡げたいんだ。おまえの働きしだいじゃ、新店舗を任せるぜ。店の経営、事業をやっていたお前ならやれるだろう。事業の失敗を生かし、リベンジしろよ。今度は正々堂々、法律に違反しないやり方でな。さあ、どうだ！」

強く横川に言われ、

「よ、よろしく……お、お願いします」

目を潤ませ、声を詰まらせながら、高瀬は横川を見返した。

横川は笑顔でうなずくと、高瀬の肩をぽんと叩き、立ちあがる。

次いで、三野の前へと移動してきた。路上でうずくまる三野の腕を取り、「大丈夫ですか?」とゆっくり立ちあがらせ、一礼をする。

「いつも娘がお世話になっています。美波の父親です。大家族の末っ子で育ったせいか、あのとおり、じゃじゃ馬ですが、どうかこれからも娘をよろしくお願いいたします。三野係長には入社当時からお世話になりっぱなしだと、娘から山ほど聞かされています。いい上司を持ったと、親としても嬉しいですよ。明日も定時どおりに出勤させますので」

そこまで言うと、再度礼をし、バイクにまたがった。

ふたたびエンジン音が響くと、

「パパ、私は高瀬さんに話があるから、先に帰って。私、ホステスってことで彼に近づいたから、自分のことを正直に話したいの」

「おうよ」

バイクは赤いテイルランプを光らせながら、小さくなっていく。

「三野係長、高瀬さんの件は、もう大丈夫ですから。また明日——」

美波は高瀬の腕を引いて、夜の街へと消えていく。

思いもかけない展開で危機が去り、狐に抓まれたようだ。

映画やドラマのワンシーンのようだった。

それでも、車の陰で安堵の表情を浮かべる沙由美を見て、現実だと確信できた。

横川に感謝しつつ、三野は去り行くふたりを眺めた。

3

「痛たたっ」

「大丈夫ですか？」

沙由美のマンションに着くと、沙由美は三野をソファーに座らせた。

救急箱を取り出し、肘鉄を食らった三野の脇腹にシップを貼る。

痛みは薄れていたが、あまりにも目まぐるしいできごとが短時間で起こったため、今さらながら体中の関節が傷みだしている。

「念のため、明日、病院に行ったほうがいいですね」

着物姿のまま患部を手当てする沙由美は、心配そうに三野を見つめた。

「あ、ああ……わかりました。それにしても、よかった……うちの部下の父親と、ママの元ご主人が、まさかあのような関係だったなんて……」

三野はしみじみ呟いた。

「はい、あのようすなら、高瀬は心を入れ替えてやり直してくれると信じています」

「そうですね。いやあ、美波くんには完全に一本取られたな……ははっ」

苦笑する三野を前に、沙由美もふっと笑ったが、すぐに真剣なまなざしで三野を見つめてきた。

（え……）

視線が絡み合い、しばしの沈黙がふたりを包みこむ。

「……私……三野さんが好き」

ソファーに並ぶ沙由美がぽつりと囁き、三野の手を握りしめてきた。

「え……あ、あの……」

そう戸惑いの声を発したときには、柔らかな唇が重なってきた。

（う……うそだろう……沙由美ママが……）

凍り付く三野に、沙由美はさらに唇を押しつける。

唾液がクチュ……と響いた。

（キスしてる。憧れの沙由美ママと唇を重ねている——！）
着物ごし、三野は沙由美の体に腕を回してきつく抱きしめた。
密着した胸が互いの鼓動を伝えてくる。
この体を、どれほど抱きしめたかっただろう。
（ああ……ママの甘い匂い……）
思いきり沙由美の香りを吸いこんだ。
「ぼ、僕も……好きだ……ずっと、ずっと好きだった」
「嬉しい……三野さんが守ってくれて、すごく幸せよ」
やがて、沙由美は三野の歯列を割って舌を差し入れてきた。
ふたりはふたたび唇を押しつけ合う。
（ああ……ママの舌が……）
柔らかでよくくねる感触だった。
互いの舌がもつれあうと、
「ン……ンンッ」
沙由美が鼻奥で喘いだ。
三野の二の腕をギュッとつかみ、舌を絡めては、荒々しく唾液をすすり合う。

汗と香水の匂いが濃厚に立ちのぼる。

互いの鼓動が同化し、体温も上がっていく。

キスを解いた三野が耳たぶを甘噛みすると、沙由美はピンクに染まる首を反らした。

(うう、マズい)

三野の下半身は痛いほど勃起し、ズボンを突きあげている。

沙由美とひとつになりたい。

しかし、このまま抱いてもいいのだろうか。

本命の女だからこそ、怖気づいてしまう。

——しかし、その杞憂は不要だった。

「うっ」

沙由美が、ズボンごしに股間を撫でまわしてきたからだ。

最初は優しく揉みしめるが、手の力がしだいに強くなり、いつしか充血した屹立を上下にしごきあげてきた。

(上品なママが……まさか……ああっ、たまらない)

嬉しさと驚きに、肉棒がひとまわり膨らんだ。

やがて、ズボンのベルトを外しファスナーをおろすと、トランクスの開閉口から勃起を取りだした。

赤銅色にいきり立つ怒張はかつてないほど、興奮に肉傘をひろげ、おびただしい先走りの汁が玉の雫《しずく》となって肉幹をこぼれ落ちていく。

禍々しく反りかえる怒張に、沙由美は息をのんだ。

「すごい……こんなに硬くなって……」

次の瞬間、沙由美は腰を屈め、股間に顔をうずめた。

ペニスが生温かな感触に包まれる。

「ううう っ」

沙由美が男根を頬張ったのだ。

三野の背中に快美の電流が一気に駆けぬける。

チュッとカリのくびれを下唇ではじいて吸いあげると、赤い舌を差し伸ばし、チロチロと裏スジを舐めあげていく。

「ああ……ううっ」

腿の付け根が震えだした。

上品な沙由美ママが、フェラチオをしている。

あまりの悦楽にぎゅっと目を閉じそうになるのを必死にこらえて、三野は体を傾け、沙由美のフェラ顔を焼きつける。

唇はいやらしくめくれ、時おり上目遣いで見あげる瞳は興奮で潤んでいた。なめらかな頬は、目の周囲だけ朱に染まり、あごの角度を変えながらカリのくびれや亀頭をねぶるたび、「ン……ンンッ」と甘い喘ぎを漏らしてくる。

あふれるカウパーをすすって、こくんと嚥下するその姿に、三野のペニスは早くも暴発寸前まで追いやられた。

三野は手を伸ばして胸元をまさぐるが、きつく結ばれた帯が邪魔をして乳房に触れることができない。

それを察したのか、沙由美は上体を起こして立ちあがる。

「三野さん……ベッドへ……」

沙由美はいそいそと歩き、リビングから続く寝室のドアを開けた。

引っ越しの際には段ボールの積まれていた八畳の洋間は、きれいに片づけられ、ベッドとドレッサーが置かれている。

ダウンライトが照らす中、ワインカラーのベッドカバーがひときわ目を引く艶やかな空間だ。

（ここで、これからママと……）

否応なく沙由美とベッドでもつれあう光景を妄想してしまう。

これまで紅子、雪乃、百合子とベッドを共にしたものの、心から愛おしいと思う沙由美には特別な思いがあった。

今までのように、うまくできるかという懸念が脳裏をよぎる。

「着物……脱ぎますね……」

「あ、ああ……」

三野は、緊張気味にベッドに腰をおろす。

自分も脱がなくてはと思いながらも、沙由美のしっとり汗ばむ白いうなじや、無防備な後ろ姿から目を逸らすことができない。

（ああ、沙由美ママが……）

沙由美は後ろ向きのまま、シュルシュル……と帯を解き始めた。

呼吸も忘れて、三野は目をみはる。

そそり立つペニスはさらに芯を固めていった。

沙由美の唾液と噴きだす透明汁で、男根がいっそうぬらついていく。

シュル……。

帯が床に落とされた。

次いで、腰ひもを解き、長襦袢を肩甲骨あたりまでおろす。

華奢な肩から続く、白磁のような背中があらわになった。

（夢じゃ……ないよな……）

三野は生唾をのみながら、その光景を眺めていた。

ダウンライトのみの薄明りの中、沙由美は後ろ姿のまま、はらりと着物を落とした。

（あっ……ノーブラ……ノーパン）

予想外だった。

華奢な肩から続く煽情的な腰のくびれ、左右に張り出した尻は肉感的なハート形で、ハリのある太ももはライトの灯を受け、美容液を塗ったように艶やかだ。

ひざ下もスラリと長い。

「三野さん……」

沙由美はゆっくりと振り向いた。

息をのむ三野の前に現れた姿は、まさに女神だった。

真っ先に目を引いたのが、まろやかに盛りあがるおわん型の乳房だ。

おそらくFカップはあるだろう。重たげに実る果実の中心には、やや大きめの乳輪とピンクの乳首がピンと鎮座している。

縦長のへそから続く性毛は、面積こそ少ないが、ふさふさと生い茂り、沙由美の情の深さを思わせた。

「う、美しいです……」

言葉がうまく出なかった。

白足袋だけの裸身は、清楚な奥ゆかしさを残しながらも、控えめなエロスを体現している。あまりにも神々しいと思う反面、この女神のような沙由美を組み伏せ、穢したい思いもふつふつと湧いてくる。

「今度は、僕が沙由美ママを……」

クンニリングスをほのめかすと、「三野さんと一緒に……」と恥ずかしそうに告げてくる。

(まさか、沙由美ママの口からシックスナインだなんて……)

嬉しい驚きに包まれたまま、三野は恥じ入る沙由美の手を引き、誘導する。

「じゃあ、僕の顔にまたがってください」

沙由美はほっそりした脚をもちあげ、三野の顔にまたがってきた。

（ああ……夢にまで見た沙由美ママのお尻……）

三野の眼前には、たっぷり脂肪ののった満月のような尻と、魅惑のワレメが迫っていた。

わずかの汚れもない白足袋が、沙由美の清らかさを物語っている。

濃い陰毛に縁どられた女陰は、フリルのように可憐で、小ぶりな花弁がコーラルピンクに艶めいている。

上方には、美しい沙由美にも存在するのが不思議に思える排泄の孔が、セピア色に息づいていた。

呼吸するごとに、まるで早く舐めてと訴えているかのようにワレメがヒクついている。

三野は両の親指で肉ビラを左右に広げた。

赤い粘膜が顔を覗かせ、ムッと甘酸っぱい性臭が鼻腔を刺激してくる。

差し伸ばした舌で、ワレメの中心を舐めあげると、

「あっ……はああっ」

沙由美は尻をヒクつかせ、透明な蜜汁を噴きだした。

慌てて会陰からすすりあげると、濃い酸味が口いっぱいに広がっていく。

「はあっ……三野さんっ……ンッ」

愉悦を告げるその声が響いた直後、肉棒がパクリと咥えこまれた。

「くううっ」

ジュブ、ジュブブ……ッ！

生温かな口内におさまったペニスが、興奮に打ち震える。

根元を上下にしごきながら、沙由美はピタリと内頬にペニスを密着させたままスライドを始めた。

「あう、沙由美さん……ッ」

気づけば、名前で呼んでいた。

続けざまに浴びせられる甘美な摩擦と吸引に、三野の下半身には快楽の痺れが駆け抜けていく。

ともすれば、魂まで持って行かれそうな悦楽に、三野も負けじと女粘膜に舌を躍らせた。

充血した肉ビラを甘嚙みし、口に含んでチューッと吸いあげる。

「あっ、あっ、はああっ」

沙由美はヒップを揺らしながら、なおも強烈なバキュームフェラを浴びせつづけた。

陰嚢をやわやわと揉みほぐし、カリのくびれをはじき、尿道口に尖らせた舌を差し入れる。

「すごいわ……三野さんの硬い……すごい量の汁があふれてる」

沙由美は昂揚した口調で陰嚢も口に含み、唾液にぬめる肉棒をしごき始めた。

「沙由美さんだから……ずっと思い続けた沙由美さんだから……くううっ」

三野は唸りながらも、剝けきったクリ豆を舌先ではじく。

「ひっ」

痙攣する尻を引きよせ、弾力に富む肉ビラをねぶっては、二枚同時に口に含んだ花びらをよじり合わせる。

甘酸っぱい芳香はいっそう濃く香った。

汗と体液が充満する中、ふたりは互いの性器をむさぼり、唾液をまぶし続ける。

「ああっ……もうだめっ」

沙由美は尻を右へ左へと振りたて、三野の顔面にワレメをこすりつけてくる。

たちまち顔がドロドロになったが、構わず女園に口元を押しつけ、長く伸ばした舌先で貫いた。

「くっ……あうう」

のど奥まで男根を頬張ったまま、沙由美が唸る。

ズルリと肉棒を吸いあげると、呼吸を荒らげながら三野を振り返った。

「も……もう……ください」

涙目で告げた沙由美は、「はしたなくてごめんなさい」と詫びながら、騎乗位の姿勢でまたがってきた。

汗粒の光る乳房は、乳首が真っ赤に充血していた。

「ああ、胸も美しい……何もかもがきれいだ」

伸ばした手で両乳房を揉みこねると、熟れた果実のような弾力が手のひらに吸いつき、三野の手指の動きに合わせて、いやらしく歪んでいく。

「ン……気持ちいい、吸って……」

三野が上体を立て、せりだした乳頭にむしゃぶりついた。

「あ、ンンッ」

沙由美は細い首に筋を立てて、身を反らす。

三野の口内で急激に硬さを増す乳首を交互に吸い、舌で上下にはじくと、沙由美はますます感極まった声を上げ、肉棒をさすってくる。

早く欲しいと言いたげな手つきで尿道口から亀頭、カリのくびれから裏スジまでを指先でねっとりとなぞってくる。

三野も夢中で乳首を舐めしゃぶった。興奮でふっくらとした乳輪を舌先でなぞっては、先端をピンとはじき、ふたたび突起を口に含む。

「ああ……もうダメ……ごめんなさい」

沙由美はひざ立ちになった。

肉棒をそっとにぎり、ワレメにこすりつける。

クチュリ……。

卑猥な音を響かせながら、陶酔しきった表情で三野を見つめ、そのまま一気に腰を落とした。

「ああっ、はあぁっ」

「くううっ」

猛る怒張が、沙由美の膣路をまっすぐに割り裂いた。

(ああ……ついに――)

柔らかな女肉が、猛る男根を包みこんだ。

恋焦がれた沙由美とひとつになった感動に、屹立はいっそう膨らんだ。

紅子や雪乃、百合子とも違う、愛おしくも狂おしい感情が、体の隅々まで広がっていく。

「嬉しい……」

寸分の隙も無く密着した女陰が、ヒクヒクとペニスを締めあげてくる。

凝縮した女肉に男根を呑みこまれたまま、三野はしばし言葉を発せられずにいた。

（ああ、沙由美さんのぬくもりが……）

思わず目をつむっていた。自分たちは確かにつながっている。間違いなくひとつになっているという感動が、胸奥からこみあげてくる。

沙由美が、ゆっくりと腰を前後に使いだす。

「うっ」

三野は歯を食いしばった。

ただでさえ暴発してしまいそうな興奮の中、沙由美の膣内《なか》は煮詰めた飴のごとく熱をあげ、キュッ、キュッと締めつけてくる。

（沙由美さんのオマ×コ……熱くて……きつくて……ああっ）

肉の摩擦が強くなり、密着度も増していく。

「はあ、当たってる……」

沙由美は恍惚の表情で三野を見おろしながら、なおも律動を深めてくる。乳房が揺れ、赤い乳首がいっそう尖りたっている。濡れた陰毛が興奮に逆立ち、肌もまだらに染まっていく。

「三野さん……はぁあぁっ！」

沙由美は感極まったように、蹲踞の姿勢になった。

湿布を貼った三野の脇腹にそっと手を添え、太ももをM字に開いて、怒張を呑みこんでいく。

（う、嘘だろ……沙由美さんが、こんなエロティックなことを――）

驚きと興奮に、呼吸もまばたきも忘れていた。

目の前では、白足袋のみを身に着けた美しい沙由美が、蜜のしたたりも艶めかしい真っ赤な膣口をさらしていた。ぬめる男根が、女の裂け目にずっぽりとハマっては、ふたたび顔をのぞかせる。

ジュブッ、ジュブッ……ジュブブ……ッ!!

「ンン……恥ずかしい……ごめんなさい……あぁッ」

沙由美のしゃくりあげる腰が、さらに速度を増していく。

最初は上下、そして前後、しまいには、三野の太ももへ後ろ手につき、大きくグラインドさせてくる。

「さ、沙由美さん……なんていやらしいんだ」

三野も、腹の痛みを忘れて突きあげた。

愛しい沙由美を抱いた過去の男たちの痕跡を消し去るべく、ひざのバネを使って激しく突きあげた。

パンッ、パンッ、パパパンッ!

「くっ……三野さん……おかしくなる……いやあぁっ」

そう叫びながらも、沙由美の腰の動きは止まらない。

汗ばむ尻を叩きつけ、微妙に角度を変えては、まぐわいを深めていく。

(ああ、もう出そうだ……マズい)

そう思った直後、三野は、弾みをつけて身を起こし、結合を解いた。

「ああんっ」

唐突な行為に、沙由美は唇を震わせたが、

「今度は、沙由美さんが下になってください」

すぐさま、沙由美を仰向けに寝かせ、正常位の姿勢をとる。

恥じ入るように目を閉じる美貌を見据えながら、三野は熟した女の秘口に亀頭を押しつけた。

ひざ裏をつかんで引きよせると、そのまま一気に腰を突き入れた。

「はああああッ、いやあぁッ！」

沙由美は大きく身を反らせた。

すぐさま乱打を開始した。

一度落ちかけた興奮のボルテージを上げるためには、少々の手荒さも必要だ。

肉の凶器と化した男根をズブリと叩きこんでは、Ｇスポットをこそげるように引きぬいていく。

ズブズブッ、ズブズブッ、ズジュジュ――ッ!!

三野の突然の胴突きに驚愕しながらも、沙由美は歓喜の声をあげて、身をのたうたせた。

一打ちごとに卑猥な粘着音を響かせ、飛沫《しぶき》をあげていた。

（沙由美さんは、僕がずっと守る。誰にも渡さない）

快楽に彩られ、陶酔しきった表情を浮かべる沙由美を見ながら、三野は女肉をえぐる勢いで抽送を繰り返す。

自分でも驚くほどの荒々しさで、猛烈に腰を送りこんだ。

「三野さん……すごいっ……すごいわ」

ほつれた髪を散らしたまま、沙由美は貫かれる愉悦に浸っている。

三野の太ももをつかみ、時おりキュッと爪を立てては、白足袋に包まれた爪先をいくども反りかえらせた。

夢にまで見た沙由美が、今、自分の腕の中にいる。

性器と性器をこすり合わせて、身悶えている——愛する女とひとつになっている悦びと昂揚が、三野自身も驚くほど力強いストロークを浴びせていた。

「沙由美さん……僕を見てください」

律動を深めながら声を絞りだすと、沙由美は落ちかかるまぶたを必死に持ちあげた。

「ああ……三野さん」

互いの視線が絡んだ。

沙由美は眉間にしわを刻みながら、

「あ……もう、イキそう……」

かすれた声で囁いた。

三野もう限界だった。

ひと打ちごとに沙由美の女膣は、穿つ男根を締めあげてくる。

淫らな打擲音とふたりの喘ぎが重なり、まもなく訪れる絶頂の大波が、脳裏で牙をむいた。

「ぼ、僕も……イクよ」

「このまま欲しい……膣内《なか》に出して……ああ、あああっ！」

沙由美の手が、三野の指を絡めとるように、引きよせた。

互いを見つめ、しかと組まれた指から熱と鼓動が伝わってくる。

「ああっ……はぁあああっ……イクうーッ！」

緊縮する女襞がすさまじい力で締めつけ、膣奥へと引きずりこむ。

血走った目を見開いたまま、三野はとどめの一撃を浴びせた。

ドクン、ドクン、ドクン、ドクン——‼

「おおぅ、おおぅーーー」

尿管から這いあがる熱いマグマが炸裂した。

子宮口に灼熱のエキスが噴きあがり、ふたりはオルガスムスの叫びを轟かせた。

＊　　＊　　＊

二カ月後――

「三野係長、おめでとうございます」

表参道にあるフレンチレストランの個室内。

三野は、紅子、雪乃、美波とともにテーブルを囲み、祝福の言葉を受けていた。

「いやあ、みんなのお陰だよ。本当にありがとう。どんなに感謝をしてもしきれない……言いたいことは山ほどあるのに、うまく言えなくて……とにかく、言葉にはできないほど君たちには感謝している。ありがとう！」

三野は改まったように頭をさげる。

「いえいえ、係長の人徳ですよ。スタートから半年たらずでミッション達成。私もリーダーとして鼻が高いわ」

紅子が得意げに言う。

「本当ですね。なんか私までハッピーオーラをもらっている感じ」

雪乃はうっとりと目を潤ませる。

「とりあえず、高瀬さんも父のもとで真面目に働いていますんで、ご心配なく。私たちもラブラブですから」

美波も嬉しそうに近況を報告した。

——今週末には、青山のガーデンレストランで三野と沙由美の結婚パーティが催される予定だ。

今夜はお礼を兼ねて、三野が紅子たち三名を食事に招待したのだ。

皆の顔をひとりひとり眺めた三野は、しみじみと告げた。

「最愛の人と一緒になれたことも、もちろん嬉しいんだけど……それができたのは、人は変われるってみんなに教えられたからだ。そのことに感謝したい。君たちも見てきたように、僕はしょぼくれた万年係長だった。いつリストラされてもおかしくなかった。こんなことじゃいけないって思っていても、どうせ自分はダメ男だって、諦めていたんだ。それが君たちに励まされて、沙由美さんを守りたい気持ちが日に日に強まって……うまく言えないけど、夢中になった。気がついたら、変わっていたんだ。本当にありがとう」

「三野係長の誠実なお人柄を物語る、素朴なスピーチ、素敵ですよ」

紅子が言うと、雪乃と美波もにこやかにうなずいた。

三野は何度も頭をさげてから、気持ちを切り替えるようにして笑みを深める。

「ところで、料理は女性に一番人気のコースにしたんだけど、よかったかな？」

嫌だと言う者はいない。

食前酒も運ばれ、雪乃は「二次会でいい男をゲットするわ」と、皆の笑いを取っている。

そこに、個室のドアが開き、

「遅くなってすみません。お待たせいたしました」

レストランのボーイに案内された沙由美が現れた。

いつもは結い髪に和装姿だが、今宵はロングヘアをおろし、シンプルな白のミディアムドレスを着ている。

清楚さをにじませたその姿は、一輪の白いバラを思わせた。

「沙由美さん、こちらへ」

三野がさっと立ちあがり、手をさしのべる。

沙由美は、はにかみながら手を添えた。

柔らかな手が触れ合い、沙由美への愛しさがいっそうつのる。

「三野係長、沙由美さん、おめでとうございます！」

皆の温かな歓声とともに、室内は拍手が鳴り響いた。
頭を掻きながらも、三野の胸奥に誇らしさがこみあげてくる。
そんな三野を、沙由美は熱いまなざしで見つめていた。

*この作品は、書き下ろしです。また、文中に登場する団体、個人、行為などは実在のものとはいっさい関係ありません。

二見文庫

OLたちの上《じょう》司《し》改《かい》造《ぞう》計《けい》画《かく》

2021年 4月25日　初版発行

著者　蒼《あお》井《い》凛《りん》花《か》

発行所　株式会社 二見書房
東京都千代田区神田三崎町2-18-11
電話 03(3515)2311［営業］
03(3515)2313［編集］
振替 00170-4-2639

印刷　株式会社 堀内印刷所
製本　株式会社 村上製本所

ISBN978-4-576-21046-9
https://www.futami.co.jp/